Domination érotique et soumission
Vol. 6

Erika Sanders

Série

Collection de domination érotique

Image de couverture : © krivitskiy- Pixabay, 2025

Première édition : 2025

Synopsis

Est une compilation de romans de forte Contenu BDSM érotique appartenant à la collection Domination et soumission érotique, une série de romans à fort contenu BDSM romantique et érotique.

Cette compilation contient les romans:

- **Dominé par son jeune employé mexicaine**:

- **Chienne nazie (Interracial):**

- **Gorge profonde (BDSM):**

(Tous les personnages ont 18 ans ou plus)

Note de l'auteure:

Erika Sanders est une écrivaine de renommée internationale, traduite dans plus de vingt langues, qui signe ses écrits les plus érotiques, loin de sa prose habituelle, de son nom de jeune fille.

Indice:

DOMINATION ÉROTIQUE ET SOUMISSION VOL. 6
ERIKA SANDERS

DOMINÉ PAR SON JEUNE EMPLOYÉ MEXICAINE (DOMINATION ÉROTIQUE)

CHAPITRE 1

Une pluie printanière a frappé le parking, abaissant la température à un nouveau plus bas.

À l'intérieur du magasin de yaourts à la crème glacée, Katy a partagé l'une des tables rondes avec son patron, Patrick Adams, attendant les clients qui savaient qu'il serait rare qu'ils se présentent à cause du mauvais temps de l'après-midi.

Les nuages d'orage sombres ont activé les capteurs électroniques des feux du parking, éclairant ainsi l'obscurité extérieure.

À l'intérieur de la tente bien éclairée, Patrick sourit à la légère rougeur sur les joues de Katy.

"WOW, qu'est-ce que tu lis qui peut te faire rougir?"

"Porno," répondit Katy, le regardant directement, même si ses joues étaient rouges d'embarras.

Quand Patrick a ri, il a vu son embarras s'estomper alors que ses yeux se plissaient.

"Qu'est-ce qui est si drôle à ce sujet?"

Patrick a réfléchi par où commencer à énumérer les choses amusantes de sa réponse.

Katy Gonzales avait tout ce qu'il fallait pour être très innocente.

Son air joyeux correspondait à sa peau et ses cheveux foncés, ses yeux noirs et des taches de rousseur sur l'arête de son nez.

Il l'a embauchée parce qu'elle était joyeuse et une très belle mexicaine et c'était ce que les clients de la région aimaient.

Rapide et intelligente, elle riait facilement et traitait les clients les plus grossiers avec une patience qu'on n'attendrait pas d'un jeune de vingt ans.

Il a une fois essayé de lui donner une place d'invité dans l'un de ses fantasmes.

Caressant sa bite dure, il est venu imaginer ses seins nus avant d'abandonner et de la remplacer par quelqu'un d'autre.

Katy Gonzales était trop belle pour jouer dans l'un de ses délices masturbatoires.

"Eh bien, comment tu as rougi," dit-il.

"Alors, que portez-vous quand vous le faites vous-même? Probablement des vidéos, non?"

"Habituellement," dit-elle, se demandant si ses joues devenaient roses aussi. "Alors, quel genre de choses lisez-vous, des romances érotiques?"

"Hé, tu n'es même pas proche. Dis-moi quel genre de porno tu aimes regarder et je te dirai ce que j'aime lire."

Compte tenu de son état, Patrick sentit une émotion sur ses genoux lorsqu'il s'imagina dire la vérité.

Il ne le ferait pas.

En aucune façon.

"Les trucs habituels," se couvrit-il de ça, gagnant une autre sorte de regard d'acier de sa part. "Sérieusement, et seulement d'homme à femme. Maintenant c'est à vous."

Sa réponse le surprit.

"BDSM dur principalement érotique".

Quand Patrick a recommencé à rire, il a gagné un autre regard acéré, mais il ne pouvait pas s'en empêcher.

L'idée de cette fille douce et innocente lisant quelque chose de dur était assez amusante en soi, mais BDSM?

Il lutta pour arrêter de rire.

"Je suis désolé. Je ne sais juste pas, je ne m'attendais pas à cette réponse." Katy ne semblait pas blessée par son rire, elle avait l'air en colère. Sa joie s'est évanouie. "Alors, quelle est l'attirance que cela a pour vous?"

«Gardez le contrôle», dit-il. "Incitez les gens à faire les choses que je veux."

Patrick rit à nouveau.

Il aimait la personnalité de Katy, mais c'était son éthique de travail qui pouvait s'améliorer.

Elle était paresseuse, elle n'a jamais montré un seul trait de leadership.

"Comme quoi?"

"Tout. N'importe quoi," répondit Katy avec un haussement d'épaules. Des choses plus étranges, mieux c'est. Il y avait un regard lointain dans ses yeux alors qu'il regardait un point sur le mur juste au-dessus de son épaule.

Elle frissonna.

"Je pense que ce serait bien d'avoir une vraie esclave sexuelle."

"Eh bien, faites-moi savoir quand vous accepterez les candidatures de vieillards dans la quarantaine."

Une fois de plus, sa réponse le surprit.

«Vous vous offrez?

Patrick a considéré la belle brune mexicaine pendant un long moment.

Pourrait-elle être sérieuse?

"Et si vous ne plaisantez pas?" Il a demandé.

"Et si je ne suis pas M. Adams? Voulez-vous vraiment être un outil sans droits, forcé de m'adorer sans promesse de libération et de satisfaire tous mes désirs, aussi malades ou tordus soient-ils?"

Il soutint son regard avant de rire.

"Maintenant qui est le joker?"

«Montre-moi», dit-elle, sans jamais sourire.

"Montrer que?"

"Vous m'avez entendu. Si vous voulez faire ça, alors faisons-le. Montrez-moi. Juste ici. Maintenant."

"Tu deviendrais fou si je le faisais."

"Non, je ne le ferais pas. Mais je t'aurais accepté à mon service."

«Que voulez-vous dire par« serait »?»

Elle lui tapota la main.

«Les esclaves doivent être forts, M. Adams.

"Tu dis que je suis faible?" s'enquit-il, se demandant à nouveau si c'était un jeu.

"Je dis que vous n'êtes pas fait pour une vie de service et que vous venez de le prouver."

"Demandez-le moi encore."

"Mauvaise réponse," rit-il.

Il lui fallut un moment pour comprendre pourquoi c'était mal.

«Je suis désolé,» dit-il, réalisant que ce n'était pas à lui de lui demander quoi que ce soit.

"Merci, c'est mieux," reconnut-il.

Inclinant la tête sur le côté, elle y réfléchit un instant avec un demi-sourire sur le visage.

"Cela devient difficile pour moi et nous pouvons réessayer."

Patrick sentit sa volonté s'estomper.

Elle avait acheté un abonnement au gymnase dans l'espoir de rencontrer des femmes de plus haut calibre.

Pendant trois mois, il a travaillé sur son corps d'âge moyen.

Resserrer et tonifier son corps d'une manière que la version de la vingtaine n'avait jamais eue.

Fier de son nouveau corps, il devenait frustré chaque fois qu'il passait du temps avec une autre femme de son âge.

Il méritait mieux, mais trois mois après l'avoir fait, il était fatigué.

En regardant le devant de son pantalon de travail kaki, il remarqua les débuts d'une érection.

"Tu sais que je vais vraiment faire ça, non?"

"J'attends ça avec impatience," dit-elle, souriant alors que ses yeux clignotaient vers son entrejambe.

«Tu veux aller dans la pièce du fond? demanda-t-il, sentant son érection atteindre des longueurs acceptables.

"Non. Ici. En ce moment. Lève-toi, enlève ton pantalon et montre-moi. Si tu n'es pas coriace, l'affaire est conclue."

"Et si je le suis.?"

Penché par-dessus la table, il posa son menton sur sa paume et soutint son regard.

"Alors il est temps pour toi de jouer pour moi. Maintenant montre-moi, salope."

Du côté de la descente des années 40, il était trop vieux pour cela.

Il savait mieux que quiconque.

Il risquait sa réputation et son travail.

Au début de la vingtaine, Katy était trop attirante et vibrante pour le vouloir.

Je savais que ce n'était qu'un jeu pour elle.

Et si c'était le cas?

Risquer son avenir ne l'a pas arrêté, même s'il risquait de perdre un bon membre de l'équipe des semaines avant que les choses ne s'activent.

Mais la vie est faite de petits choix faits à la volée.

Travaillant sur ses pas, elle déboucla sa ceinture.

Aussi le bouton sur le haut de son pantalon kaki et la décompressa alors qu'il la regardait.

Katy soutint son regard, ses yeux ne quittant jamais les siens.

Atteignant ses sous-vêtements, elle posa sa main sur la longue et ferme tige de sa virilité.

Il caressa l'instrument de son plaisir, se demandant quelle serait sa réaction.

Bien qu'il n'ait pas eu la chance d'avoir des proportions de star du porno, Patrick n'avait pas honte de sa longueur ou de sa circonférence.

Il savait qu'il en avait plus que la plupart et ceux qui en avaient plus que lui étaient peu nombreux.

Laissant la tête en bas prendre la décision finale, il se leva.

Les yeux de Katy suivirent les siens alors qu'elle se levait.

Patrick regarda autour du parking sombre et vide.

Quelqu'un pouvait marcher près des fenêtres, mais personne ne l'avait fait au cours de la dernière heure.

Il baissa son pantalon et son boxer, exposant sa bite dure à la jeune femme.

Debout, les mains sur ses hanches nues, elle hocha la tête.

Le regard de Katy glissa le long de son corps jusqu'à ce que ses yeux tombent sur sa masculinité gonflée.

Le hochement de tête que sa bite lui donna était involontaire.

Son expression sérieuse n'a jamais changé, bien qu'il ait vu les pupilles de ses yeux s'écarquiller.

Il eut un sourire narquois.

"Maintenant tu es un crétin," lui dit-elle.

"Ici maintenant ?"

Ses yeux revinrent aux siens, étroits et intenses.

"Je ne me suis pas très bien exprimé ?"

Après avoir jeté un autre regard sur le parking, il a donné à sa bite dure quelques coups provisoires.

Oui, il était dur, mais était-il assez excité pour produire un orgasme rapidement ?

Il n'arrêtait pas de caresser.

Elle le fixa, regardant sa main bouger avec le même regard impartial sur son visage, comme si elle le regardait lire ou remplir des papiers.

Pourtant, elle le regardait.

Il sentit une émotion l'envahir, le poussant à passer à autre chose.

En regardant le parking vide, il regarda derrière lui les voitures qui traversaient le centre.

C'était insensé.

Quelqu'un pouvait voir.

Pas de l'autoroute, mais s'ils arrivaient au centre-ville, ils le feraient.

À l'intérieur du magasin brillamment éclairé, il serait exposé à toute mère faisant des courses pendant que les enfants étudiaient ou à des retraités trop ennuyés pour regarder leur télévision.

Et vos voisins?

Il a travaillé sur sa bite plus rapidement.

Plus tôt il venait, plus tôt il pourrait s'habiller.

Il sentit son excitation grandir.

Il était proche, y arrivant plus vite que prévu.

Une semaine de célibat involontaire a joué en sa faveur.

«Si proche,» murmura-t-il.

"Viens sur la table," dit Katy, regardant son expression autant que ses mains travailler sur sa bite dure.

Il y avait un soupçon de sourire dans le coin droit de sa bouche et un scintillement dans ses yeux bleus alors qu'il atteignait un sommet.

Son sexe a explosé, pulvérisant son orgasme dans une ligne lâche d'un bout à l'autre de la table.

Le rire de Katy n'était pas la réaction à laquelle elle s'attendait.

«C'était bien», dit-elle. "Maintenant lèche-le."

Après un dernier frisson de plaisir parcouru ses épaules, Patrick la regarda avec des yeux écarquillés et des sourcils arqués.

Il regarda son sperme disposé en un flot ondulant de lignes en pointillés et de petites flaques d'eau sur la table en faux marbre.

Il savait que la table était propre, il était méticuleux pour garder ses affaires propres.

Son large sourire lui disait tout ce qu'elle avait besoin de savoir.

Elle ne pensait pas qu'il le ferait.

Avec son pantalon et ses sous-vêtements toujours autour de ses genoux, tenant sa bite dure, elle se pencha et lécha le désordre qu'elle avait produit.

Il a travaillé d'un bout à l'autre de la table, testant le plateau en Formica ainsi que sa graine éjectée.

Il leva les yeux et inspecta le parking et la porte d'entrée.

Personne ne l'avait vu.

Ayant terminé, il hésita avant de remonter son pantalon.

«Puis-je m'habiller?

«Vous apprenez vite», dit-il.

Elle attrapa ses couilles, regardant sa main les caresser pendant un moment avant de le regarder.

«Si nous faisons ça, je suis propriétaire. Es-tu sûr que c'est ce que tu veux?

"Oui madame."

Elle caressa sa bite encore dure.

«Viens contre ce mur et attends-moi», dit-elle, comme si elle avait pris sa décision.

Avec son pantalon toujours autour de ses genoux, exposé à quiconque pourrait conduire ou passer devant son magasin, Patrick s'est déplacé là où elle l'a indiqué.

De derrière le comptoir, Katy a sorti son téléphone portable de son sac.

Les téléphones portables n'étaient pas autorisés pendant les heures de travail.

L'allumant, elle a pointé son appareil photo sur lui et a pris une photo avant de se placer devant lui.

«Habillez-vous», dit-il en s'asseyant à table.

Patrick remit ses vêtements et la rejoignit.

Le téléphone de Katy montrait une image de lui debout à côté du logo peint sur le mur.

Sous l'image se trouvaient deux boutons, enregistrer et supprimer.

Elle a placé le téléphone devant lui.

"Maintenant, c'est ton choix. Un bouton mène à ta destruction. L'autre?" Elle haussa les épaules. "Je suppose que l'autre signifie que je viens de recevoir une émission gratuite."

«Ma destruction?

Katy couvrit le téléphone de sa main.

«Je suis sérieux, M. Adams. Mon rôle consiste à trouver vos limites et à vous pousser au-delà. Plus vous vous tortillez, plus cela me fait plaisir. La discipline fait partie de l'accord. Si vous échouez, je vous enverrai cette photo au siège social. "

"Cependant, c'est un jeu de sexe, non?"

"Pour l'un de nous, ça le sera."

Quand elle a déplacé sa main, il a appuyé sur le bouton Enregistrer.

CHAPITRE 2

«Parapluie est votre mot de sécurité», dit-il, prenant son téléphone sur la table et le mettant dans sa poche.

Il expliqua ce que signifiait un mot sûr, comment il l'appellerait la seule Dame quand ils étaient seuls, et la différence entre vivre dans le monde et être «du» monde.

"Vous vivez dans ce monde, mais vous n'êtes plus le sien. Vous n'avez aucun droit. Personne ne devrait connaître notre accord. Mentez à tout le monde sauf à moi."

Au fur et à mesure qu'il progressait dans sa liste d'instructions et de règles, les doutes de Patrick ont commencé.

Elle avait clairement pensé à cela avec beaucoup plus de détails qu'il ne l'avait imaginé.

Quand il a terminé, il a de nouveau sorti son téléphone avec la photo de lui debout devant le logo.

Encore une fois, il y avait deux options, augmenter ou annuler.

"Si vous appuyez sur Télécharger, il est enregistré dans un dossier privé sur Internet. Si vous appuyez sur Annuler, nous supprimerons l'image de mon téléphone et oublierons tout."

Il hésita avant d'appuyer sur la charge.

"Tu es une putain de salope stupide," dit-elle en riant et en retournant au comptoir.

Il a supposé qu'elle rangeait son téléphone portable.

Au lieu de cela, elle a ramené son sac sur la table et s'est assise.

«Pouvez-vous redevenir dur?

"Oui," dit-il, l'anticipation de sa prochaine commande l'excitait.

"Bien. Jetez vos sous-vêtements, vous n'en aurez plus besoin et laissez-moi voir à quel point vous pouvez vous remettre."

Reconnaissant son manque de choix en la matière, Patrick a enlevé ses chaussures, a enlevé son pantalon et ses sous-vêtements, et a jeté son boxer.

Assis sans rien à côté d'elle, il frotta à nouveau sa bite.

Cela n'a pas pris longtemps.

"Bien. Mettez votre pantalon au cas où quelqu'un entrerait."

Soulagé de pouvoir s'habiller, il remit son pantalon.

"Merci Maîtresse," murmura-t-il, utilisant son nouveau titre pour la première fois.

Sous le devant plissé, son érection était toujours évidente.

"Avez-vous une caméra sur votre téléphone?"

"Oui Maîtresse."

"Bien. Alors tu dois m'envoyer une photo de ta bite dure toutes les cinq minutes. Exactement toutes les cinq minutes. Et pas une photo d'elle à travers ton pantalon, mais de ton sexe nu, tu comprends?" Tenant son sac à main, elle sortit ses clés de voiture et se leva.

Patrick hocha la tête.

"Où vas-tu?"

"Tu ne peux plus me demander ça, salope."

«Je suis désolé, Maîtresse,» dit-il, se demandant comment il pouvait encore être son patron au travail.

Cela s'applique-t-il toujours?

En cherchant dans le menu de son téléphone, il trouva une minuterie et la régla sur cinq minutes.

Perdu dans ses pensées, il a dû relancer son érection pour sa première photo.

Lassé, il traversa le magasin, faisant les cent pas jusqu'à ce que cinq minutes se soient écoulées.

Cette fois, son érection attendait sa photo.

Il l'a décompressé, a sorti son pénis, a pris la photo et était occupé à l'envoyer quand des phares ont traversé le parking.

Il réalisa qu'il était en vue de la voiture avec sa bite dure qui sortait de son pantalon.

Il tourna le dos à la fenêtre, finit d'envoyer le texto, et remit sa bite en place.

Lors des alertes suivantes sur son chronomètre, il est resté prudent.

Neuf fois, il a envoyé à Katy des photos de sa bite dure.

Après le second, il a expulsé le reste de l'intimité relative de son back-office, convaincu qu'ils étaient à l'abri des regards indiscrets.

Il s'apprêtait à prendre sa dixième photo de l'après-midi lorsque la porte de service s'est ouverte.

Se détournant de la porte ouverte, il fouilla avec son téléphone et cacha sa bite, laissant tomber son téléphone sur le sol avant d'entendre le rire de Katy.

"Fais demi-tour," dit-il.

Il l'a fait, sa bite dure sortant de son ouverture.

Il vit le sourire ravi sur son visage et ça faisait du bien de faire partie d'elle.

Se promenant autour de lui, Katy passa ses mains sur son corps.

Elle attrapa ses pectoraux, lui serra les fesses et, pour une raison quelconque, pinça une de ses oreilles.

Debout devant lui, elle caressa sa bite dure.

C'était étrange que ce jeune employé de sa famille le touche si intimement.

De plusieurs centimètres de moins que lui, elle le regarda frotter sa queue.

«Tu as été un bon garçon,» dit-il. «Toutes les cinq minutes, en ce moment même, vous m'avez envoyé une photo. Cela mérite une récompense. Saviez-vous que j'aime sucer des bites, M. Adams?

"Non, Maîtresse," dit-il, sa bite palpitant dans sa main.

"Mm ouais. J'adore la sensation d'une belle bite longue et dure entre mes lèvres. Connaissez-vous la meilleure partie de sucer une bite, M. Adams? La sentir exploser dans ma bouche. Putain, j'aime cette sensation. Moi Je me mouille juste en y pensant. Est-ce que ce serait une bonne récompense, M. Adams? Aimeriez-vous sentir mes lèvres chaudes et humides autour de votre bite dure?

"Oui Maîtresse," dit-il, bien qu'il soit sûr que sa bite palpitante était la réponse pour elle.

"Ou peut-être que vous préférez me voir nue. Aimeriez-vous ça, M. Adams? Voulez-vous voir à quoi je ressemble nue? Je sais que je n'ai pas de gros seins, mais ils sont guillerets et mes tétons sont vraiment longs. Tout le monde aime mes tétons. Aimez-vous le Chatte rasée? C'est comme ça que je garde la mienne belle et lisse. Voulez-vous me voir nue, M. Adams? "

Il sentit sa bouche se dessécher.

Est-ce qu'elle le trompait?

Y avait-il une réponse meilleure qu'une autre?

«Oui, Maîtresse,» répéta-t-il, excité par l'idée.

"Hm, que dois-je faire, M. Adams? Dois-je vous sucer ou devrais-je vous laisser me voir nue?"

Son besoin avait beaucoup grandi.

Obligé de choisir, il a choisi la réponse qui incluait un orgasme dans sa bouche pour lui-même.

Elle le regarda en haussant les sourcils, attendant une réponse à sa question.

"Une pipe serait bien, madame."

"Mauvaise réponse," dit-elle en la frottant toujours. "Voudriez-vous l'essayer une deuxième fois?"

"La voir nue serait un privilège, madame," corrigea-t-il rapidement.

"C'est vrai, ça devrait être un privilège de me voir nue, mais c'est toujours la mauvaise réponse."

Patrick se sentait perdu et confus.

Comment les deux réponses pourraient-elles être fausses?

Ignorant le regard confus sur son visage, elle s'avança.

«Mets-toi nu», lui dit-elle en reculant et en le regardant se déshabiller.

Il a tout enlevé, de sa chemise à logo à ses chaussures et chaussettes.

"D'accord, maintenant penchez-vous et attrapez vos chevilles."

Il a fait ce qu'on lui avait dit, ne sachant pas à quoi s'attendre jusqu'à ce que cela se produise.

En utilisant l'une des spatules à long manche qui servaient à nettoyer les machines à yogourt, Katy lui donna une fessée.

L'outil de qualité restaurant a produit une forte détonation en rebondissant sur son derrière gauche.

Un instant plus tard, il sentit la piqûre de son attaque.

Elle le suivit d'un second coup sur la fesse droite.

Une fois de plus, il a éprouvé un délai momentané avant que son corps enregistre la douleur du coup.

À plusieurs reprises, elle l'a frappé, alternant les fesses et les emplacements précis jusqu'à ce que ses fesses soient chaudes et brûlantes.

Il grimaçait à chaque coup dans le dos.

Finalement, il s'est arrêté.

«Gardez les yeux en avant», ordonna-t-il.

Il resta figé sur place, incapable de voir ou de deviner ce qu'il faisait avant de le sentir.

Elle pressait quelque chose contre son anus.

Je ne savais pas de quoi il s'agissait.

Il devina que ce n'était pas un doigt et qu'elle l'avait lubrifié d'une manière ou d'une autre.

C'était inconfortable, mais il était maigre et elle a eu la gentillesse de le travailler dans son anus.

"Gardez-le là ou je vais vous frapper à nouveau," dit-il, résolvant le mystère.

Il avait poussé la poignée de la spatule dans son cul.

Quand elle le relâcha, elle le sentit menacer de glisser de ses fesses et le serra, voulant qu'il reste en place.

Elle se déplaça devant lui, saisissant son menton et tournant son visage vers le sien.

Elle a résolu un deuxième mystère pour lui.

"La bonne réponse était" Tout ce que vous voulez, Maîtresse ". Elle sortit le jouet de fortune de ses fesses et il l'entendit le jeter dans l'évier. «Tu peux rester nue. Je pourrais décider de te récompenser plus tard.

"Merci madame," dit-il, se sentant vulnérable et exposé.

La sonnette retentit et Katy s'avança, le quittant.

Il l'écouta parler au client avec sa gaieté habituelle.

En espérant que tout allait bien, il se leva.

Son cul lui faisait mal, mais sa bite était toujours dure.

Il passa le reste de la journée à se cacher dans l'arrière-salle.

À la fin de la journée, elle est rentrée chez elle dans le besoin d'un orgasme et avec une liste de fournitures dans sa poche.

«Je t'appellerai demain et nous commencerons ton entraînement», dit-elle, le laissant nu dans l'arrière-boutique du magasin.

CHAPITRE 3

Il était onze heures trente du matin lorsque son téléphone sonna avec un message de Katy demandant son adresse.

À midi, elle est apparue sur sa marche avant.

Patrick avait terminé sa liste, rasé sa queue et ses couilles, et était impatient quand il lui ouvrit la porte.

Debout dans le petit couloir, elle l'observa, passant sa main sur son pantalon sur sa peau rasée.

Son sexe a dansé pour attirer l'attention.

«Êtes-vous dans le besoin? elle a demandé.

"Oui Maîtresse." Il était comme ça.

Il avait passé la nuit et sa matinée excités et durs.

"Tu veux un orgasme?"

«Sa volonté, Maîtresse,» dit-il, prenant soin de ne pas répéter l'erreur d'hier.

Il la vit sourire, captant sa réponse prudente.

«Vous apprenez vite,» dit-elle, l'attrapant par le coq et le guidant vers leur petite maison.

C'était sa première visite et on lui a fait visiter le bungalow de deux chambres et deux salles de bains.

Elle le poussait derrière elle alors qu'elle se déplaçait de pièce en pièce.

Vivant seul depuis son divorce, Patrick a gardé son espace méticuleusement propre.

Elle s'arrêta devant sa commode.

"Ouvre ton tiroir à sous-vêtements."

Lorsqu'il ouvrit le tiroir du haut, elle secoua la tête.

"Qu'est ce que c'est?" demanda-t-elle en levant un caleçon.

"Sous-vêtements?" répondit-il confus.

«Je ne t'ai pas dit que tu n'en aurais plus besoin?

"Oui Maîtresse," dit-il en se tortillant.

Elle était à la maison depuis moins de dix minutes et il l'avait déjà déçue.

"Quel genre d'homme plie ses sous-vêtements?" demanda-t-il, sortant chaque paire de boxeurs et les jetant à travers la pièce.

Le laissant debout dans sa chambre, elle revint de la pièce principale avec le paquet de pinces à linge de sa liste de courses.

Ouvrant le paquet de clips en plastique, il a commencé à fixer les clips de couleur arc-en-ciel sur ses couilles les uns après les autres.

La douleur était exquise.

Au fur et à mesure qu'il ajoutait chaque clip, sa bite se balançait et palpitait.

"Voilà," dit-elle en se penchant en arrière pour admirer son travail. "Dix paires de sous-vêtements. Dix pinces à linge. Maintenant, prends le boxer avec tes dents et jette-les."

Patrick s'est mis à quatre pattes et a rampé à travers sa chambre.

Un par un, il a pris une paire de boxers avec sa bouche, les a portés à la poubelle dans le coin et les a jetés à l'intérieur.

Les pinces à linge sur ses couilles ressemblaient à des piqûres d'abeille, mais sa queue restait dure.

Il était dans la dernière paire quand l'une des pinces à linge s'est frayé un chemin hors de ses couilles.

Tout espoir qu'il n'avait pas remarqué ou qu'elle ne s'en souciait pas a rapidement disparu.

"Salaud sans valeur," dit-il en soulevant le clip en plastique. "Se lever."

Il l'a fait.

Elle a remplacé la pince et en a ajouté une de plus à chacun de ses mamelons.

«Attends ici», ordonna-t-il, retournant à nouveau dans l'autre pièce.

Le retournant, elle utilisa un morceau de corde pour attacher ses mains derrière son dos.

Puis, elle enroula un foulard autour de ses yeux, l'aveuglant.

Les mains sur ses épaules, elle le retourna et l'appuya contre le mur.

Il était debout, écoutant attentivement.

Il la sentit toujours devant lui.

Si je regardais par-dessus l'arête de son nez, il pouvait voir sa bite dure, les pinces à linge sur son corps et ses pieds.

Sentant quelque chose de doux contre ses orteils, elle baissa les yeux pour voir une culotte posée sur ses doigts.

Un instant plus tard, ils ont été joints avec un soutien-gorge.

Son sexe palpita quand il réalisa que Katy s'était également déshabillée et l'entendit bouger vers le lit.

Il combattit l'envie de lever le menton pour voir son lit.

En écoutant, il entendit ses doux gémissements de plaisir et le léger bruit humide des doigts frottant une chatte.

Il l'entendit haleter quand un orgasme l'atteignit.

Quand elle a mis deux de ses doigts dans sa bouche, il a goûté son sexe pour la première fois.

«Quand tu seras prêt à essayer de me servir correctement, je serai dans le salon. Enlève cette merde et rejoins-moi.

Regardant par-dessus l'arête de son nez, il la vit ramasser sa culotte et son soutien-gorge avant de l'entendre quitter la pièce.

CHAPITRE 4

Quand il bougeait ses mains, il lui était facile de défaire le travail qu'elle avait fait en lui donnant une fessée aux poignets.

Il trouvait intéressant qu'elle ne l'ait pas attaché plus étroitement.

Les mains libres, il retira le bandeau.

Le paquet ouvert de pinces à linge était toujours sur son lit.

Il enleva les douze pinces qu'il portait, les remit dans le sac et entra dans l'autre pièce.

Il trouva Katy nue à la table de la salle à manger où il avait placé les fournitures sur sa liste.

Son petit derrière sombre et ferme était aussi bronzé que son dos.

Elle se retourna quand elle l'entendit.

"Tu as l'air bien," dit-il en souriant.

«Merci Maîtresse», dit-il.

Sa bite palpitait alors qu'il aimait la voir si magnifiquement nue.

"Est-ce que les balles font mal?"

«Un peu,» admit-il.

«Détendez-vous», dit-il en ouvrant quelques paquets. "C'est censé être amusant, tu te souviens?"

Il voulait demander qui, mais il se tut.

Tant de jouets, se dit-il.

Quand elle le regarda, ses yeux s'abreuvaient de la beauté de son jeune corps nu.

Il admirait ses seins fermes et gaies et les longs et durs mamelons qui se dressaient fièrement hors de ces deux vagues.

Sous son ventre plat, il vit qu'elle était rasée.

Sa chatte semblait enflée à cause de son récent orgasme.

"Avez-vous quelque chose à manger ici?" »elle a demandé, se tournant et se dirigeant vers sa cuisine.

Elle ouvrit son réfrigérateur comme si c'était le sien.

Mettant de côté deux tasses de yaourt, elle fouilla dans les tiroirs de la cuisine jusqu'à ce qu'elle trouve deux cuillères.

Tirant sur le dessus d'un, il le tint devant sa queue.

«Masturbe-toi», lui dit-elle.

Dans le besoin, Patrick a commencé à caresser sa queue.

Elle le regarda avec une expression de satisfaction dans les yeux.

«Va te faire foutre en l'air», dit-il.

Alors que son orgasme approchait, elle pointa la tête de sa bite vers le récipient ouvert de yaourt.

Elle n'avait pas besoin qu'on lui dise que c'était là qu'elle voulait son orgasme.

La force de son orgasme a remué le yaourt.

"Bien," dit-elle en remuant le yaourt avant de le remettre avec la cuillère toujours dans la tasse.

Il prit l'autre sur le comptoir.

«Vas-y. Profite,» dit-il en déposant le yaourt, sans le remuer, dans sa bouche.

Patrick a mangé le sien, conscient qu'il mangeait son sperme en même temps.

Il était humilié et excité par l'idée.

Les yeux de Katy dansaient sur lui aussi ouvertement que ses yeux l'absorbaient.

"Comment est le yaourt?" elle a demandé.

"Bien," dit-il, pas sûr d'avoir goûté le sperme.

"Combien de temps cela prendra-t-il avant que vous deveniez dur à nouveau?"

«Je ne sais pas», admit-il.

Son sexe avait perdu sa fermeté, mais il était toujours gros et plein.

"Je vais te torturer jusqu'à ce que tu sois à nouveau dur," dit-il avant de fourrer une autre cuillerée de yaourt entre ses lèvres.

Il se demanda si elle pouvait avoir l'air encore plus excitante.

"Comme tu veux, Maîtresse," répondit-il, éprouvant un étrange mélange de peur et d'émotion.

CHAPITRE 5

Finissant son yaourt, elle trouva un grand verre dans son placard et le remplit d'eau.

Il réalisa comment il avait allumé le filtre à eau avant de remplir le verre.

Il le lui tendit et elle lui dit de boire.

Après avoir avalé le verre d'eau, elle le remplit.

"Encore une fois."

Il lui fallut plus de temps pour boire le deuxième grand verre.

Il remplit le verre pour la troisième fois.

«Prends ton temps», dit-il, «ce n'est pas une course».

Il prit une gorgée d'eau, se sentant gonflé par les deux premiers verres.

Assise à table, elle ramassa la corde la plus fine de sa liste.

C'était un quart de pouce de nylon.

Avec des ciseaux, il coupa un mètre de long puis ouvrit un paquet de briquets.

Enroulant soigneusement l'extrémité coupée de la corde sur la flamme, il a fusionné les fils ensemble.

Patrick était fasciné.

Le rapprochant, elle enroula une boucle de corde autour de ses couilles.

Pendant qu'il regardait, elle a fait une seule bobine, a passé l'extrémité coupée à travers la bobine, sur la longueur de la corde, puis à travers la bobine.

«Ça s'appelle un nœud de bowline», lui dit-il. "C'est bien pour deux raisons. Premièrement, parce que c'est facile à délier. Deuxièmement, une fois que c'est fait, ça ne se resserre pas."

Elle a resserré la corde autour du haut de son sac à balles et a terminé le nœud.

C'était serré, mais cela n'a pas coupé la circulation.

"Tu vois?" elle a demandé.

Quand elle a tiré sur la corde, il a été forcé de se diriger vers elle.

Faisant une deuxième corde à l'extrémité opposée de la corde, il forma une deuxième boucle.

Il grimaça lorsqu'elle tira sur la corde.

"Parfait. Maintenant, retourne-toi et penche-toi, j'ai attendu de tester ce mauvais garçon."

Avant de se retourner, Patrick la vit ramasser la pelle en cuir qui était sur sa liste.

Plusieurs des articles de sa liste nécessitaient une visite dans un magasin spécialisé dans un quartier peu recommandable de la ville.

Le magasin proposait surtout des tatouages, des piercings, une gamme complète d'accessoires «tabac» et une zone réservée aux adultes qui présentait une large gamme d'aides au «mariage».

Outre l'assortiment attendu de vibrateurs, de godes, de bouchons et de lubrifiant, il y avait une section entière consacrée aux fouets, chaînes, pagaies, accessoires en cuir et autres articles qui le remplissaient de terreur autant que cela l'avait excité.

Après une journée à se faire taquiner par Katy, il avait trouvé cela très excitant.

C'est là qu'il a trouvé la corde, la truelle et bien d'autres objets déposés sur la table.

Katy l'a frappé avec la pelle, le frappant encore et encore jusqu'à ce que son cul devienne chaud comme hier.

La pelle couvrait les deux fesses, bien qu'elle ait démontré son but en alternant entre elles.

Elle a ri pendant qu'elle travaillait et quand elle s'est arrêtée, ses fesses étaient brûlantes et tendres.

"Es-tu déjà dur?"

«Non Ama», rapporta-t-il.

Elle l'a frappé à nouveau.

"Buvez un peu plus d'eau, reposez-vous et nous réessayerons dans quelques minutes."

Debout à table, il la regarda mesurer des cordes plus épaisses.

Après avoir coupé différentes longueurs, il a fait fondre les extrémités avant qu'elles ne s'effilochent.

"Travailler avec des cordes est un art." Elle a parlé des pages Web dédiées à la pratique et de la façon dont elle s'entraînait avec sa petite amie. "Je n'ai jamais triché là-dessus avant, et nous n'avons joué qu'avec une corde", a-t-il expliqué. "Elle n'est pas très douée pour nouer, mais elle a eu la gentillesse de me laisser m'entraîner. Et je pense qu'elle a aimé."

Ramassant ses cordes, elle traîna une chaise de la table dans le salon.

Il fit allonger Patrick sur le siège sur sa poitrine et son ventre.

Travaillant rapidement avec les cordes, elle a attaché ses poignets à deux jambes et a fait de même à ses genoux, laissant son dos exposé à elle.

Agenouillée devant lui, elle lui offrit un verre dans son verre d'eau.

«Bois», lui dit-elle, versant l'eau plus vite qu'il ne pouvait boire.

Se déplaçant derrière lui, il tira sur la corde qui pendait toujours à ses couilles.

Patrick était impuissant à l'empêcher de le faire.

"Es-tu déjà dur?"

"Non Maîtresse," dit-il, se demandant comment il pouvait devenir dur si elle le blessait.

«Ah, c'est très triste», dit-il en retournant à table pour attraper une pelle.

Elle lui donna quelques coups, récupérant rapidement la douleur lancinante de sa fessée précédente.

"Et maintenant?"

«Non Maîtresse», répéta-t-il, se sentant impuissant.

"Peut-être que cela aidera."

Patrick sentit un doigt enfoncer son derrière exposé.

Elle a poussé aussi profondément qu'elle le pouvait.

Tirant son doigt, il recommença avec un deuxième doigt.

Elle se tord les doigts, l'étire et le lubrifie.

Elle a remplacé ses doigts par un plug anal.

Atteignant entre ses jambes, elle caresse sa queue.

Ses doigts étaient encore glissants du lubrifiant.

Elle l'a frotté jusqu'à ce que sa bite soit à nouveau dure.

"Beaucoup mieux," dit-il.

Debout devant lui, elle ramassa ses vêtements sur le canapé où elle les avait laissés.

Elle l'a mis.

S'arrêtant pour lui donner un autre verre d'eau, elle lui tapota la tête.

"N'allez nulle part," dit-elle et il l'entendit partir.

CHAPITRE 6

Patrick ne savait pas combien de temps il avait passé attaché à la chaise avec le plug anal dans le cul.

Il supposait que cela prenait une demi-heure, mais il n'avait aucun moyen de mesurer le temps.

Il a essayé de compter, de marquer le temps, mais a eu du mal à le faire de manière cohérente.

Comptant lentement, il atteignit six cent deux fois, mais il savait qu'il avait perdu le compte deux fois de plus alors qu'il pensait qu'elle serait bientôt de retour.

Et il ne savait pas combien de temps il avait attendu avant de commencer à compter.

Un certain temps, il en était sûr. Cinq minutes? Dix?

Son cul lui faisait mal à cause de la fessée.

Son sexe est resté enflé.

Putain, elle était si jolie.

Où était-elle?

Quand reviendrais-je?

As-tu vraiment joué à des jeux de cravate avec ta copine?

Quelle copine?

Se sont-ils attachés à tour de rôle comme ça?

Il a recommencé à compter.

Quand il a atteint trois cents ans, il a décidé que c'était encore cinq minutes.

Il était distrait par le besoin d'uriner.

Est-ce que c'était ça l'eau?

Il a recommencé à compter, d'abord à partir de trois cent un, puis a décidé que cela n'avait pas d'importance.

Il a recommencé le compte à partir d'un.

Le nez de Patrick me démangeait.

Il l'a déplacé du mieux qu'il pouvait.

Et si quelque chose lui était arrivé?

Qui trouverait ça comme ça et combien de temps cela prendrait-il?

Il pouvait crier, mais pas encore.

Il a commencé à compter à voix haute.

"Un deux trois ..."

Il a frappé six cents à nouveau.

Perdu dans ses pensées inquiètes, il réalisa qu'il n'était plus dur.

Merde, il ne pouvait pas la laisser le trouver comme ça.

Il voulait que sa queue repousse.

Il a imaginé le corps nu de Katy, ses jolis fesses et ses gros seins.

Merde, il a dû faire pipi.

Ses mamelons étaient si gros et gros.

Comment les avez-vous cachés lorsque vous étiez au travail?

Il rit, l'imaginant marchant dans la section des surgelés d'une épicerie.

Merde, ce serait un super spectacle!

Quand il a recommencé à compter, il a fléchi sa bite avec chaque numéro.

En partie parce qu'il devait uriner et en partie pour rester dur.

Il approchait la centaine lorsqu'il entendit la porte d'entrée s'ouvrir.

"Ah, tu m'as attendu," dit-il. «Es-tu toujours dur j'espère?

«Oui Maîtresse,» dit-il, soulagé de l'entendre.

Katy a détaché les cordes.

"Eh bien, levez-vous, secouez-le et jetons un œil."

Bien que les cordes n'entravent jamais sa circulation, il lui a quand même fallu un moment pour se relever.

Sa bite dure se leva fièrement.

"Mm, ça a l'air bien," dit-il en le frottant.

Elle mangeait une pomme.

"Tu veux un peu?" elle a demandé.

Elle frotta la pomme contre son sexe et ses couilles avant de lui offrir une bouchée.

Tout lubrifiant qui était sur lui devait être absorbé par sa queue, mais le symbolisme ne lui était pas perdu.

"Assoiffé?" demanda-t-elle, frottant à nouveau la pomme sur sa bite avant de prendre une deuxième bouchée.

«Non, Maîtresse. J'ai besoin de faire pipi.

"Pardon?"

"Désolé, je peux attendre."

«Tiens, bois de l'eau», dit-elle en lui tendant le verre.

Il prit une gorgée.

«Ah tu peux boire plus que ça», insista-t-il.

Il prit une autre gorgée.

"Allez, un peu plus."

Utilisant la ficelle attachée à ses couilles comme laisse, elle le conduisit dans la cuisine, alluma l'eau et remplit son verre.

Le bruit de l'eau courante augmenta son envie d'uriner.

Elle sourit quand il se tortilla.

"Un problème?"

«Je dois vraiment y aller», admit-il.

"Pardon?" demanda-t-elle en laissant couler l'eau.

Il acquiesca.

Elle lui tendit le verre et lui dit de boire à nouveau.

Alors qu'il sirotait de l'eau, elle ouvrit le congélateur, en sortit quelques glaçons et les jeta dans le verre.

Tirant sur sa laisse, elle le ramena dans leur salon.

«J'aurai besoin de votre aide pour ce poste», dit-il.

Elle le fit s'allonger sur le sol, se recroqueviller et posa ses genoux sur sa tête comme s'il était pris au milieu d'un saut périlleux.

"Parfait!" lui dit-elle en lui caressant le cul.

Pour lui faciliter la tâche, elle posa son dos contre l'avant de son canapé.

Bien que la position soit inconfortable, ce n'était pas inconfortable.

En rapprochant la chaise de sa tête, elle fouetta ses genoux et le verrouilla en position.

Souriante, elle caressa le bas de ses couilles.

"Confortable?"

"Pas vraiment," dit-il, inquiet qu'elle le laisse comme ça.

"Ah, mais c'est tellement amusant," dit-elle en sortant le jouet de ses fesses.

De retour à table, elle est revenue avec un long gode fin et plus de lubrifiant.

Appliquant un peu de lubrifiant sur le jouet, il le fourra dans le cul.

"Tu vois? N'est-ce pas drôle?"

Patrick n'a pas répondu.

Sa bite était dure, pointée directement sur son visage, et il avait encore besoin de faire pipi.

Elle a poussé le jouet de haut en bas, comme si elle barattait du beurre.

"Allez, admets que tu aimes ça."

Puisqu'il ne l'a pas fait, elle fronça les sourcils.

"Je parie que je peux te frapper comme ça aussi." Elle s'est levée, a pris la pelle et a pilonné son âne tendre. "C'est mieux?"

«Non, ma maîtresse.

"Mais n'est-ce pas ce que vous vouliez? Vous avez dit que vous vouliez être contrôlé, non?"

"Oui Maîtresse."

"Utilisé. Humilié. Abusé?"

"Oui Maîtresse."

"Lié, ignoré, ou quoi que ce soit d'autre que vous choisissez de faire, non?"

"Oui Maîtresse."

"Bien. As-tu encore besoin de faire pipi?"

"Oui Maîtresse."

"Combien voulez-vous?" demanda-t-elle en soulevant le verre d'eau glacée et en le plaçant contre le fond de son sac de balles.

"Beaucoup," dit-il, se forçant à arrêter le flux.

"Alors vas-y," dit-il, un large sourire maléfique sur le visage.

Patrick a combattu l'envie à l'intérieur de son corps, regrettant tout.

S'il faisait pipi maintenant, il urinerait sur son visage et son tapis.

Son mot de sécurité lui vint à l'esprit et se déplaça sur ses lèvres.

"Arrêtez ..." dit-il, s'arrêtant avant de dire autre chose.

"Oui?" demanda-t-elle, l'air aussi ravie que jamais. «Est-ce que je t'ai déjà brisé?

Elle déplaça le verre autour de ses couilles, le taquinant avec sa fraîcheur humide.

Elle a éclaboussé son visage.

De la cuisine, il pouvait encore entendre l'eau couler du robinet.

"Peut-être que cela aide à la place?" demanda-t-elle, attrapant sa bite et la caressant. «Si tu jouis sur ton visage, alors peut-être que je te détacherai avant de te faire pipi.

Patrick aurait souhaité que ce soit aussi facile, mais ce pont a déjà été traversé par son corps.

Son besoin était de libérer sa vessie, pas ses couilles.

«S'il vous plaît Maîtresse,» supplia-t-il.

«Votre mot sûr est 'parapluie'», lui rappela-t-il. «Dis-le et je te détacherai. Dis-le et c'est fini.

Patrick gémit.

Il ne le dirait pas.

Je ne pouvais pas.

Elle n'allait pas gagner.

"Va te faire foutre," dit-il.

"Oh mauvaise réponse," dit-elle en lui versant de l'eau glacée.

Des glaçons rebondissaient sur son visage alors que de l'eau éclaboussait contre lui.

Elle a ri.

«Je suis très patient», dit-il.

En mettant le verre de côté, il commença à retirer ses vêtements.

Nue, elle le chevaucha.

"Toutes ces discussions sur la miction m'ont donné envie."

Il souleva le verre, le tint entre ses jambes et relâcha sa vessie.

Il regarda le verre se remplir d'urine.

Il a entendu les éclaboussures que cela faisait.

C'en était trop pour lui.

Il urina, éclaboussant son visage du jet chaud et humide.

De l'urine chaude a éclaboussé sa bouche et son nez.

Quand il eut le souffle coupé, il le porta à sa bouche.

Incapable d'arrêter, de ralentir ou de contrôler le flux, il est entré dans ses yeux et ses cheveux, et quand elle a essayé de détourner la tête de lui, dans ses oreilles.

Le pire était quand il lui remonta le nez, le forçant à respirer de l'air et à le recracher de sa bouche.

Son courant diminua jusqu'à ce que la dernière partie faible de son besoin éclabousse son cou et sa poitrine.

En riant, Katy retourna son verre et y fit pipi aussi.

CHAPITRE 7

Ses doigts habiles détachaient les liens autour de ses genoux.

Elle lui a permis de se dérouler, mais l'a maintenu à plat sur le tapis mouillé.

Ses mains le guidèrent alors qu'il gardait les yeux fermés à cause de l'urine sur son visage.

Elle le fit tourner, s'allongea et le sentit s'agenouiller sur sa tête.

Il jeta un coup d'œil et la vit chevaucher sa tête.

"Ouvre ta bouche," dit-elle en pressant sa chatte contre son visage.

"Wow, un peu plus," dit-il, jetant un dernier jet d'urine dans sa bouche avant de le frotter contre son visage.

Allongé dans une mare d'urine, il mangeait sa chatte, léchant et suçant son clitoris et ses lèvres nues pendant que sa bite palpitait d'un besoin différent.

Humiliée, honteuse, mouillée et se sentant sale, elle désirait toujours un orgasme qu'elle seule pouvait permettre.

En riant et en hurlant, elle est venue.

"Merde, M. Adams, vous êtes bon dans ce domaine!"

Toujours aveuglée par l'urine sur son visage, elle aida Patrick à se relever.

Tirant la ficelle autour de ses couilles, elle le conduisit dans la salle de bain et l'aida à passer le bord de la baignoire.

Allumant l'eau, elle le laissa derrière le rideau de douche en plastique.

Il se doucha, se sécha et la trouva assise dans la salle à manger avec ses vêtements.

En l'appelant, elle a détaché la corde autour de ses couilles, soulignant que même humide, son nœud était facile à dénouer.

«Vous avez fait du bon travail», lui dit-elle en lui tenant les hanches. "Ceci est votre récompense."

Caressant ses couilles rasées, elle a sucé sa bite, lui donnant la meilleure pipe dont il se souvienne.

Il l'a prévenu avant de venir, au cas où il n'aimerait pas avaler.

Certaines femmes étaient réticentes à ce sujet, mais elle ne s'est pas arrêtée.

Mais après son arrivée, elle se leva, rapprocha son visage du sien et l'embrassa profondément.

Alors qu'ils s'embrassaient, elle poussa son orgasme de sa bouche à la sienne.

CHAPITRE 8

Après son départ, il s'est habillé et a embauché un nettoyeur de tapis.

L'exigence d'être nu le plus souvent possible était plus facile que d'essayer d'être constamment dur.

Mais après leur après-midi ensemble, il a trouvé les deux choses faciles.

Imaginer sa Katy nue l'excitait.

Son sentiment d'appartenance lui causerait bientôt des ennuis.

"Qui suis-je?" Katy lui a demandé quand il allait travailler.

C'était la deuxième fois qu'il posait la question.

"Ma Maîtresse," répondit-il de nouveau, bien que le doute l'ait saisi.

"Prends le boulot," demanda-t-il.

Laissant son pantalon, il se pencha, lui exposant ses fesses nues.

Elle a de nouveau utilisé l'une des spatules du magasin.

Après avoir rendu les deux fesses roses, elle lui a demandé à nouveau.

"Qui suis-je?"

«Katy Maria Gonzales? il a tenté.

"Putain, tu es une salope stupide," dit-elle en le frappant à nouveau.

Katy avait un système pour lui donner une fessée.

Elle a alterné ses fesses et d'autres endroits, produisant une sensation uniforme et piquante du haut de ses cuisses au bas du dos.

Sa première série de coups avait piqué.

La deuxième série l'a incendié.

"Voici votre indice. Vous étiez plus proche la première fois. Maintenant, dites-moi qui suis-je?"

«Ma maîtresse Katy? Il a essayé à nouveau.

"Merde tu étais si proche!" dit-elle et l'a frappé plusieurs fois sur chaque fesse. "Qui suis-je?"

«Maîtresse, s'il vous plaît», supplia-t-il. "Je ne sais pas."

"Non, tu sais," dit-il en jetant la spatule dans l'évier. "Vous venez de le dire. Je suis Maîtresse. Je ne suis PAS votre Maîtresse. Je suis Maîtresse pour qui je veux. Maître et seulement Maîtresse, vous me comprenez?"

«Oui, Maîtresse», dit-il.

Katy a giflé son visage. "

Se lever. Laisse-moi te regarder Es-tu dur? "

Patrick se redressa, effrayé.

Cela avait été dur.

Il était dur quand elle se mit au travail, mais pendant la brutalité de sa fessée, son érection avait disparu.

Son sexe voulait être dur, mais son corps avait du mal à résoudre les messages mêlés à un cul endolori.

Son sexe dépassait directement de son corps dans cette position de berne entre une érection complète et le fait d'être trop mou pour être utilisé.

Elle regarda sa bite.

"Et si je voulais baiser maintenant? Pourriez-vous me baiser avec ça?"

"Oui Maîtresse," l'assura-t-il, l'idée résolvant la confusion dans son cerveau.

Son sexe se raidit.

"Tu veux un orgasme?"

«Votre volonté, Madame. Patrick a refusé de tomber amoureux de ses pièges.

«Oui, ma volonté», acquiesça-t-elle en cherchant son téléphone portable dans son sac.

Il a touché quelques écrans.

"Si je le veux, me donneras-tu un orgasme maintenant?"

"Oui Maîtresse."

"Donc, vous avez soixante secondes pour le faire," dit-il, en appuyant sur son téléphone et en lui montrant la minuterie.

Patrick a travaillé sa bite rapidement et durement, luttant pour l'orgasme dans le temps requis.

Cela ne s'est pas produit.

"Oh, je suis vraiment désolée," dit Katy en souriant. "Plus de chance la prochaine fois."

Levant la spatule, il lui donna six coups de plus avant de lui permettre de s'habiller.

CHAPITRE 9

La prochaine fois, c'était une heure plus tard.

"Es-tu toujours dur pour moi?" elle a demandé quand elle avait fini de s'occuper d'une vieille femme et de son mari.

«Oui Maîtresse,» informa-t-il, faisant le tour du comptoir pour qu'elle puisse voir le renflement à l'intérieur de son pantalon.

«Soixante secondes,» lui dit-elle, sortant son téléphone de sa poche et démarrant le chronomètre.

Patrick courut dans l'arrière-salle, ouvrit son pantalon et essaya de se branler pour elle.

Quand il ne pouvait pas produire d'orgasme dans le temps imparti, elle agita son doigt en cercle, indiquant qu'elle devrait se retourner.

Six coups de plus retournèrent la chaleur, la brûlure et la piqûre à son âne assiégé.

«Allez encore,» dit-elle en remettant l'horloge à zéro.

Il a pris six autres coups sûrs pour avoir disparu.

Déterminé à gagner sa partie, Patrick a fait de son mieux pour rester au bord de l'orgasme.

Il frotta le devant de son pantalon, restant dur et dans le besoin.

S'il y avait des clients, il se frottait contre le comptoir, espérant garder son avantage.

Mais il a commis l'erreur de jouir quand Katy a pris l'une de ses pauses assignées.

Après avoir attendu quelques clients, son esprit s'est emporté.

Quand Katy est revenue au magasin, elle a vérifié l'avant du magasin, a sorti son téléphone et a dit: «Soixante secondes».

En essayant, il réalisa que cela n'en valait pas la peine.

Il a pris sa raclée et a appris sa leçon: pour être prêt, il faut rester prêt!

***

Il a terminé la journée de travail sans prendre un autre battement ou un autre défi de soixante secondes.

Il se sentait nerveux, sa bite était enflée et dans le besoin et ça faisait plus mal que son cul après une de ses fessées.

Avant de partir, Katy a caressé le renflement à l'avant de son pantalon.

"Pauvre garçon. Tu as l'air prêt à exploser."

Sur la pointe des pieds, elle déposa un baiser sur ses lèvres et partit.

Avant de fermer la porte, il a ajouté:

"Souviens-toi qu'il n'y a pas d'orgasmes sans permission."

CHAPITRE 10

Katy a eu le jour suivant.

Travaillant dans le magasin avec l'un des autres membres de son équipe, Patrick portait un tablier pour cacher son érection.

Il ne voulait pas être dur.

Il n'a pas essayé d'être dur.

Mais son besoin était trop grand.

Des choses simples accélèrent votre imagination.

Il a renvoyé son employé à la maison tôt et a fermé le magasin seul.

Se sentant mieux en contrôle, elle a travaillé un peu de paperasse avant de rentrer chez elle.

***

Quand il est rentré chez lui, il a vu les fournitures de Katy disposées sur la table de la salle à manger et a eu une grande réaction.

Son sexe se durcit lorsqu'il enleva ses vêtements et il se sentit seul.

Merde, est-ce que ça s'était enfoncé si vite sous sa peau?

***

Il a passé une nuit agitée devant la télévision, voulant qu'elle appelle ou passe.

Elle ne l'a pas fait.

Il craignait qu'elle le punisse.

Il était inquiet qu'elle ait perdu tout intérêt.

Il a pensé à l'appeler ou à lui envoyer un texto mais a décidé qu'il ne devrait pas.

Assis nu sur son canapé, sa queue est restée dure.

Se sentant très seule, elle se coucha à onze heures.

CHAPITRE 11

Vendredi matin, Katy est arrivée au travail deux minutes avant l'ouverture.

«Bonjour, M. Adams», rayonna-t-elle, toujours aussi pleine de joie.

"Bonjour Maîtresse," dit-elle, heureuse que sa bite soit dure pour elle.

Katy se précipita devant lui, vérifia la caisse enregistreuse et aida au reste de l'ouverture.

"Cela semble être une bonne journée, pensez-vous que nous serons occupés?"

«Probablement,» dit-il.

«Je suppose que je serai occupée aux fenêtres,» dit-elle, ramassant le tabouret, le spray pour vitres et la pile de serviettes en papier dont elle aurait besoin.

Le nettoyage des vitres était une tâche régulière le vendredi matin.

Patrick a aimé que le magasin ait l'air très propre avant le week-end.

"A moins que tu n'aies autre chose que tu veux que je fasse?"

«Comme vous le souhaitez, Maîtresse.

Elle lui fit un sourire et se mit au travail, le laissant se demander ce qui se passait.

Avait-il abandonné son jeu?

***

La journée ensoleillée de printemps a attiré les clients.

Bientôt, ils étaient occupés à réapprovisionner la barre de remplissage, à surveiller les machines à yogourt glacé et à nettoyer après le départ des clients.

Patrick réfléchissait tout le temps, voulant demander à Katy si tout allait bien entre eux, mais il ne trouvait pas les mots.

Il a demandé avant de faire une pause, cela n'a pris qu'une demi-heure, puis a suggéré qu'il en prenne une aussi.

Patrick n'avait pas besoin d'une pause, mais il ne voulait pas décevoir la Maîtresse.

Il resta assis dans sa voiture pendant une demi-heure, sa bite avide de l'attention qu'elle refusait de lui porter.

CHAPITRE 12

Vendredi et samedi, le magasin est resté ouvert jusqu'à neuf heures.

À quatre heures, le deuxième quart de travail est apparu.

Quand il vit Katy prête à partir, Patrick entra dans la pièce du fond, attendant un indice sur ce qui se passait.

Elle s'arrêta devant lui, baissa les yeux sur l'intérieur de son pantalon et sourit.

Il frotta la bosse et dit:

"Je te vois ce soir."

***

Vers minuit, Patrick a cessé de penser à la voir aujourd'hui.

Il éteignit la télévision et commença sa routine nocturne.

Son sexe dur lui faisait mal, palpitait et exigeait de l'attention, mais il refusa de le payer.

Il préparait la cafetière pour le matin quand il vit un éclair de phares dans son allée.

Il sourit, se demandant où il devrait être quand elle entra.

Dois-je rallumer la télévision et agir avec désinvolture?

Doit-il être près de la porte?

En quittant le café, il décida de s'agenouiller devant sa porte.

Une Katy ivre ouvrit la porte en grand.

Elle a titubé à l'intérieur avec trois mecs proches de son âge.

"Merde," dit un homme aux cheveux blonds avec son bras autour de Katy quand il vit Patrick à genoux sur le sol.

Il était le seul sobre du groupe.

«Pensiez-vous qu'il mentait? Demanda Katy en caressant les cheveux de Patrick.

"Putain de quoi!" dit un jeune homme musclé aux cheveux noirs.

"Hé, est-ce que ton esclave a quelque chose à boire?" demanda le troisième homme, étant le dernier à entrer. Il s'arrêta à la porte. "Ami, tu es nu!"

"D'accord, c'est officiellement bizarre," dit le blond, l'air incertain de lui-même.

"Putain, Ben. Katy a dit que ce serait étrange," dit le garçon aux cheveux noirs.

"Ouais, mais putain," insista Ben, tenant la taille de Katy, mais regardant Patrick.

"Les garçons nus vous dérangent?" Lui a demandé Katy.

"C'est juste bizarre. Peux-tu lui faire s'habiller ou quelque chose comme ça?"

"Je pourrais, mais j'aime ça comme ça."

«Vous l'avez baisé? demanda le garçon musclé aux cheveux noirs.

"Je baise avec lui," rit Katy. "Regardez avec ça."

Après avoir obligé Patrick à se tenir contre le mur, elle a commencé à attacher des pinces à linge à ses couilles.

"Oh merde, ça doit faire mal!" dit le dernier homme dans la maison de Patrick, se tortillant et cherchant instinctivement ses couilles.

"Voulez-vous essayer?" Elle lui a demandé.

"En aucune façon!"

"Allez Joe. Laisse-moi mettre une pince sur tes couilles," se moqua le garçon aux cheveux noirs.

"Va te faire foutre, Tom. Fais-le toi-même."

"Alors, est-ce que ça doit faire ce que tu dis?" Ben, la blonde sobre, a demandé.

Il regardait toujours avec de grands yeux.

«N'importe quoi», dit-elle en lui souriant.

Il y avait une lueur de satisfaction dans ses yeux qui faisait du bien à Patrick.

"Fais-le se branler et le manger", dit Tom, le gars musclé.

Katy se tourna vers l'homme aux cheveux noirs et attrapa son entrejambe.

«Ne me dis pas quoi faire, Tom, ou tu te trouveras à côté de lui.

Tom fit une grimace.

"WOW bébé, détends-toi. J'essaye juste de m'amuser un peu."

"Moi aussi," dit Katy, retenant sa prise un moment de plus avant de le relâcher.

Tom recula d'un pas, lui lançant un regard méfiant.

Patrick eut un sourire narquois.

«Mais si elle te demandait de faire ça, tu le ferais, non? Ben demanda à Patrick, ses yeux s'éloignant finalement de l'entrejambe de Patrick.

C'était une supposition de sa part, mais Patrick ne répondit pas.

Katy y réfléchit un instant, sourit et lui fit un discret signe d'approbation.

"Il est à moi, Ben, pas à toi," dit-il au blond.

Il enleva les pinces des couilles de Patrick, se retourna et fit face au trio d'hommes.

"D'accord, qui veut baiser?"

«Je dois aimer une femme qui sait ce qu'elle veut», a déclaré Joe.

"On dirait que nous avons un gagnant," dit Katy, poussant Joe devant elle dans la chambre de Patrick et tirant Patrick derrière elle par sa bite dure.

"Vas-tu les baiser tous les deux?" A demandé Ben.

"Peut-être," dit Katy.

Alors qu'ils marchaient dans le petit couloir, Patrick a entendu sa télévision prendre vie alors que Ben et Tom se mettaient à rire.

Katy appuya Patrick contre le mur au pied de son lit.

«Devez-vous regarder? A demandé Joe.

"On s'en fout?" Dit Katy en se pressant contre l'homme.

Tout en l'embrassant, elle poussa sa main vers l'un de ses seins.

Toutes les inquiétudes que Joe avait à propos de Patrick ont disparu.

Joe et Katy ont eu des relations sexuelles ensemble.

Ils ont merdé mais Patrick ne savait pas comment le décrire.

Il n'y avait ni affection, ni amour, ni passion pour ce qu'ils faisaient.

Katy a déchiré les vêtements de Joe, l'a déshabillé et a frotté sa bite dure pendant qu'il finissait de retirer ses vêtements.

"Je veux manger ça," dit-elle en prenant sa chatte nue en coupe.

«Je veux foutre en l'air», insista Katy, poussant l'homme sur le lit.

Elle a grimpé sur lui, guidant sa bite dure dans sa chatte et rebondissant.

"Tu es fou comme de la merde," dit-il en attrapant ses gros seins.

«Tais-toi et bouge», dit-il.

"Je ne peux pas durer," gémit-il.

Il regarda Patrick, mais détourna rapidement les yeux.

Leur baise a duré quelques minutes.

«Viens en moi», lui dit Katy. "Je veux le sentir."

"Oh ouais. Putain ouais!" Dit Joe, les mains sur les fesses.

Patrick regarda le plaisir de l'homme le consumer.

Elle regarda Joe se libérer, libérant son orgasme en elle.

"Oh putain ouais!"

Katy roula hors de lui.

Allongée à côté de lui, elle l'embrassa.

"Merci," ronronna-t-il.

"Donnez-moi une minute et nous pourrons recommencer."

"Peut-être plus tard," dit-il en hochant la tête vers la porte.

"Vraiment?"

"J'ai dit que je voulais baiser, c'est vrai. Nous avons baisé. Maintenant va te faire foutre," lui dit-il.

Joe avait l'air confus, mais il est sorti du lit, a mis ses sous-vêtements et son jean et l'a regardée.

"Vous êtes un monstre," dit-il.

"Vous avez probablement raison. Fermez la porte derrière vous."

Quand il est parti, elle a regardé Patrick.

"Nettoyez-moi."

Agenouillé à côté de son lit, Patrick n'hésita pas à presser sa bouche contre sa chatte usée.

Il ne se souciait pas de l'orgasme de Joe.

Au lieu de cela, il était ravi d'avoir le droit de plaire à la maîtresse.

Il a léché, léché et sucé sa chatte rasée, se réjouissant de la façon dont elle se tordait sous lui.

Il lui a donné l'orgasme qu'elle n'avait pas avec Joe.

«Assez,» dit-elle en détournant la tête.

Elle désigna le pied du lit.

Patrick n'avait pas besoin de plus d'instructions que ça.

Il se tenait contre le mur, sa bite dure dégoulinante de pré-sperme alors qu'elle sortait de sa chambre nue.

"Qui est le suivant?" il l'entendit demander.

Il semblait y avoir une dispute dans l'autre pièce avant que Ben ne suive Katy.

Il regarda dans les deux sens entre Katy et Patrick.

Même quand Katy l'a déshabillé, Ben a continué à fixer Patrick.

"Vous n'êtes pas dur," dit-elle en le frottant.

"Qu'est ce que tu vas faire?" A demandé Ben.

Katy était concentrée sur la bite molle de Ben.

Il fit signe à Patrick de se rapprocher.

Avec une main sur son épaule, elle le poussa vers le bas.

"Il va te sucer la bite pendant que nous nous embrassons," dit-elle. "Une fois que tu es dur, tu peux me baiser."

Saisissant le visage de Ben, elle pressa ses lèvres contre les siennes.

Gardant une main à l'arrière de sa tête, il poussa la tête de Patrick en avant.

Patrick ouvrit la bouche, prenant la bite molle du jeune homme entre ses lèvres.

Ben n'était pas dur, mais il n'était pas doux non plus.

Son sexe était plein, mais pas assez pour être dur.

Quand Patrick a sucé, il a senti la bite de l'homme grandir.

Il entendit les deux gémir dans la bouche l'un de l'autre alors que la bite de Ben trouvait sa force.

"Tu veux baiser ou tu veux finir dans sa bouche?"

"D'accord," dit Ben, les regardant avec la même expression aux yeux écarquillés qu'il portait depuis leur arrivée. "Si je finis pendant qu'il me suce, est-ce que ça me rend gay?"

"Pas toi, mais ça fait de toi un fils de pute," dit Katy en riant.

Elle poussa le visage de Patrick contre l'entrejambe de Ben et embrassa à nouveau l'homme, laissant Patrick l'achever.

Patrick ne savait pas à quoi s'attendre.

Il n'a jamais envisagé l'idée de sucer une bite.

Il sentit un rougissement chaud se glisser sur son visage quand Katy lui fit remarquer qu'il était maintenant un fils de pute, mais cela passa rapidement.

Il aimait se faire sucer la bite et il essayait de faire ce qu'il aimait lui faire.

Elle fit rouler sa langue sur et autour de la tête de la bite du jeune homme.

Il secoua la tête d'un côté à l'autre, sachant que ça lui faisait du bien quand ça lui était fait.

Elle sentit la bite de l'homme, c'était intéressant, et elle réalisa que l'homme atteindrait bientôt l'orgasme dans sa bouche.

Ne sachant pas comment se préparer à l'expérience, elle garda un rythme soutenu et l'attendit.

Quand cela arriva, la force du premier jet contre le toit de sa bouche le surprit, mais ne le bâillonna pas.

Le sperme de l'homme avait un goût légèrement amer, mais ce n'était pas désagréable.

"Tu penses qu'on peut baiser aussi?" A demandé Ben.

"Un orgasme pour chaque client," dit Katy en s'éloignant de Ben. «Je dois faire pipi,» dit-il en sortant de la pièce.

«Avez-vous déjà fait ça? Demanda Ben en enfilant son pantalon.

"Non," dit Patrick.

«C'était bizarre?

"Pas vraiment. C'était bien."

Les yeux de Ben revinrent sur la bite dure de Patrick.

Il jeta un coup d'œil à la porte ouverte, haussa les épaules et termina de s'habiller.

«A plus tard mon ami», dit-il.

***

Patrick se tenait au pied du lit pendant que Katy et Tom se mettaient au travail.

Tom était plus saoul que Joe.

Une fois nu, il ne se souciait pas du manque de préliminaires de Katy.

Il a giflé le cul nu de Katy.

"Es-tu prêt pour ça?" Je demande.

"Vas-y," dit-il en se laissant tomber sur le lit.

"D'accord," dit-il en ouvrant le devant de son pantalon.

Sans baisser son pantalon plus que ses fesses, il tomba sur Katy et se mit à la baiser.

"Fais-le, putain de mec. Viens pour moi."

"Oh ouais, bébé. Je vais le faire," promit-il.

Il se déplaça plus vite, secouant le lit de Patrick, mais ne dura pas plus longtemps que Joe avant de se cambrer et de venir.

«Comment était ce bébé?

«Moyen», dit-elle en l'éloignant d'elle-même.

"Oh ouais? Donnez-moi une minute et je vous montrerai à nouveau," dit-elle en s'asseyant sur le lit et en griffant ses seins.

Katy écarta sa main.

"Tu as eu ta chance. Maintenant va te faire foutre."

"Pourquoi alors le faire avec lui ?"

"Peut-être," dit-elle. "A moins que vous ne vouliez l'essayer vous-même d'abord."

"Va te faire foutre," dit Tom, se levant et remontant son pantalon. «Tu veux que je renvoie Joe ?

"Non, j'ai fini. Rentrez chez vous."

"Ah, ne sois pas comme ça, bébé."

"Ne fais pas comme quoi ?"

"Je ne sais pas, une salope ?"

Katy sauta du lit dans une vague de mains agitant, giflant l'homme beaucoup plus grand.

"Comment diable m'as-tu appelé ?"

«Hé, hé, hé! Je plaisantais,» dit-il en s'éloignant.

"Sortez!" hurla-t-elle en le suivant dans le couloir. "Vous tous. Allez vous faire foutre."

Patrick a entendu des objections confuses.

Il entra dans le couloir, debout derrière la Maîtresse, les bras croisés.

"Tu as entendu la femme. Va te faire foutre avant que ce soit à mon tour de te baiser."

Cela semblait convaincre les jeunes hommes qu'il était temps de partir.

"Putain de pédé!" Cria Tom, le dernier à sortir.

CHAPITRE 13

"Bon travail," dit Katy en se retournant et en lui souriant.

Tirant sur sa main, elle le conduisit à son canapé.

Il éteignit la télévision, s'assit et écarta les jambes.

"Tu veux toujours manger cette chatte?"

Une partie du sperme de Tom s'était échappé de sa chatte et coulait le long de sa cuisse.

"Oui, Maîtresse," dit Patrick en s'agenouillant.

Tenant son mollet, il commença à lui lécher la cuisse, sa langue traçant la longueur du sperme.

Prenant son temps, il lécha le reste de sa chatte rasée avant d'enterrer sa langue entre ses lèvres inférieures.

Katy se tortilla et gémit de plaisir encore et encore avant de l'arrêter.

«Assez,» dit-elle en le repoussant.

Bercant son visage mouillé, elle le considéra un long moment.

Se penchant en avant, elle l'embrassa, poussant sa langue dans sa bouche.

"Tu aimes ça, n'est-ce pas?"

"Je t'aime bien, Maîtresse," admit-il.

«Asseyez-vous,» dit-il en caressant le canapé à côté de lui.

Se penchant en avant, il ramassa une pince à épiler laissée sur la table basse.

Elle les mit à ses tétons avant de balancer sa jambe sur lui, le regardant à califourchon.

Elle s'est positionnée juste jusqu'à ce que sa chatte chaude et humide glisse autour de sa bite dure et douloureuse.

Elle s'installa sur lui, sans bouger.

Sa bite palpitait follement en elle, menaçant d'orgasme rien d'autre que la sensation d'elle autour de lui.

Katy lui caressa le visage.

"Tu as sucé sa bite." Il acquiesca. «Tu sais que ça fait de toi un pédé, non?

«Votre volonté, Madame.

Elle l'a embrassé.

«Je pense que je te crois.

«La Maîtresse devrait», dit-il, sûr qu'il franchissait une ligne en le disant, mais elle le récompensa avec un autre baiser.

Le regardant à nouveau, elle posa ses mains sur ses épaules.

Lentement, elle se leva de lui une fois avant de se réinstaller.

Une fois de plus, sa bite palpitait profondément dans le besoin.

«Je voulais ça depuis longtemps», lui dit-il. "Depuis avant le début de notre match."

Patrick la regarda sans savoir quoi dire.

Décidant qu'il valait mieux garder le silence, il le fit.

Elle se leva de lui et redescendit, souriant quand sa queue palpitait à nouveau.

"Combien de fois pensez-vous que je peux faire ça avant de venir?"

"Pas beaucoup," admit-il.

«Si j'avais dit à l'un de ces gars de te baiser le cul, aurais-tu arrêté?

"Oui, Maîtresse. Votre volonté. Toujours."

"Qu'est-ce que ça fait?"

De nouveau, elle s'est levée et est tombée.

"Abandonnez-vous si complètement. Comment vous sentez-vous?"

"Céleste."

"Et si je vous quitte tout de suite?" demanda-t-elle en s'éloignant.

Elle le repoussa, s'asseyant plus près de ses genoux alors que sa bite dure dansait dans les airs.

«Serait-ce cruel si je vous laissais si dur?

"Votre volonté."

"Dois-je utiliser la pelle à nouveau?"

"Votre volonté."

«Et ça ne vous dérange pas? N'avez-vous pas besoin d'un orgasme?

"Pas autant que je pense avoir besoin de ça," dit-elle, hochant la tête vers ses pinces à tétons et signifiant tout.

"Expliquez-vous."

"Je te sens partout. Toujours."

«Même aujourd'hui quand je t'ai ignoré?

«Surtout aujourd'hui. J'étais confuse, j'avais peur que tu ne m'aimes pas, mais cela n'a rien changé pour moi.

En riant, elle s'est déplacée vers lui.

"Tu travaillais vraiment dur aujourd'hui."

Son sexe palpitait d'une force nouvelle.

Il était content qu'elle l'ait remarqué.

«À cause de vous, Maîtresse. Grâce à vous, hier, j'étais aussi dure.

Elle rit à nouveau.

"Je sais. Je l'ai entendu. Vous avez une bonne réputation pour avoir un problème."

"Oui. Vous, Maîtresse."

«C'est pour moi», dit-elle en se levant et en tombant sur lui. "Ne t'arrête pas. Donne-le moi. Je veux ça. Je veux te sentir comme si tu venais en moi, pour moi."

Elle l'a baisé avec de longs coups lents; comme si elle savourait sa sensation.

"Fais-le," ronronna-t-elle. "Viens pour moi."

Comme par ordre, bien que probablement par besoin accumulé, Patrick l'a fait.

Il est venu avec une force et une satisfaction qui ont courbé ses orteils.

Il la vit le regarder, l'étudier alors que son orgasme traversait son corps.

«Putain c'était chaud», dit-elle quand il se détendit, passé pour le moment.

Atteignant entre eux, elle frotta son clitoris, se portant à un orgasme qu'il ressentit comme une série de pressions rythmiques autour de sa bite encore dure.

«Pouvez-vous le refaire?

«Je pense que oui,» dit-il en se tortillant sous elle.

Le corps de Katy était si bon et son besoin était si grand qu'elle avait l'impression qu'elle pouvait le faire cent fois de plus cette nuit-là et qu'elle voulait toujours le refaire.

Elle se déplaçait de haut en bas, le ravissant.

"Tu es prêt?"

Se sentant comme un enfant de dix-huit ans, il acquiesça.

"Je pense que je suis."

"Non, salope. Ne pense pas. Dis-moi. Es-tu prête? Peux-tu me remplir une deuxième fois?"

"Oui," dit-il, sentant un pouls rassurant de sa queue.

"Bien," dit-elle, se balançant sur lui plusieurs fois avant de s'arrêter.

"Merde, c'est bien," ronronna-t-elle, les yeux fermés.

Restant immobile, elle prit plusieurs respirations lentes et profondes.

"D'accord," dit-elle en ouvrant les yeux. "Je vais bien."

Patrick sourit, pas sûr de ce qu'il voulait dire, mais trouva cela amusant.

On aurait dit qu'il essayait de se ressaisir.

Elle secoua la tête, passant ses cheveux noirs sur ses épaules avant de retirer les pinces à linge de ses mamelons.

Elle se frotta la poitrine, comme si elle nettoyait la douleur.

"Est-ce que ça va si je t'appelle Patrick?" elle a demandé.

C'était la première fois qu'il l'entendait utiliser son prénom.

«Votre volonté, Madame.

Katy secoua la tête.

"Non, c'est comme ça que je le pense. Je veux dire, peux-tu être juste Patrick pendant un moment et je suis juste Katy?"

"Je suppose," répondit-il confus.

"Non, je le pense. Ce n'est pas un ordre, c'est juste une question. Je veux juste être Katy et Patrick pendant une minute. Pouvons-nous faire ça ?"

«Oui, je suppose,» répéta-t-il. "Un moment étrange."

«Je sais,» dit-elle et elle semblait nerveuse. "Mais c'est important et je veux la vraie réponse." Il acquiesca. "Quand tu es mon esclave, y a-t-il quelque chose que tu ne ferais pas pour moi ?"

"Tuez quelqu'un," dit-il en haussant les épaules. "Mais ce n'est pas vraiment un jeu de sexe, n'est-ce pas ?"

"D'accord. C'est comme ça que je veux dire. Sexuellement. Y a-t-il quelque chose que vous ne feriez pas en tant qu'esclave sexuelle ?"

"Je ne peux penser à rien," dit-il, sa bite palpitante en accord avec lui.

"Parce que ?"

"Parce que c'est amusant ?" il a offert.

"Est-ce amusant de recevoir une fessée ?"

"D'une certaine manière," dit-il. «Je veux dire, ça fait mal, mais tu le fais pour une raison. Ça fait plus mal quand je te laisse tomber.

"Alors si je voulais te voir être violée en groupe par des cyclistes, le feriez-vous ?"

"En tant qu'esclave, oui."

«Et comme Patrick?

"Désolé, je ne peux pas aimer ça," rit-il.

"Mais tu as sucé sa bite."

«Mais pour Maîtresse, même si tu as assez chaud, je le ferais probablement aussi pour toi.

"Vraiment ?"

"Probablement pas," admit-il. "Peut-être je ne sais pas".

Elle s'est déplacée contre lui.

"C'est bien ?"

"Il fait chaud comme l'enfer, mais je vais bien."

"Peux-tu m'embrasser? Je veux dire, comme Patrick. Peux-tu m'embrasser?"

Se penchant en avant, il le fit.

Il n'était pas sûr de ce à quoi elle s'attendait, alors il l'embrassa comme n'importe quel amant.

Pendant que son baiser restait, il glissa sa langue dans sa bouche et apprécia le moment.

"Comme ça?"

"Oui, c'était bien."

Il avait senti sa chatte se contracter pendant leur baiser.

Sans qu'on le lui demande, il l'embrassa à nouveau.

Comme avant, elle se tortillait et sa chatte tremblait.

«Une fois, j'ai eu une petite amie qui m'a dit que toutes les femmes devraient avoir au moins une liaison avec un homme plus âgé.

"C'est rare?"

"Non, ça va. Il avait raison. Les personnes âgées vont mieux."

"Les hommes plus âgés deviennent idiots pour un joli visage."

«Juste pour le visage? demanda-t-elle et ils rirent tous les deux.

"Eh bien, le visage et d'autres choses," dit-il en caressant ses longs tétons dodus.

Quand elle se pencha en arrière, cambrant son dos, il léchait, suçait et mordillait ses tétons.

"Ne t'arrête pas," dit-elle en se levant pour l'embrasser avant de se pencher en arrière pour lui offrir à nouveau sa poitrine.

Patrick ne s'est pas arrêté.

Il a sucé ses seins comme il le ferait si elle était sa petite amie.

Il caressa son petit cul serré, sentant la chair ferme de son cul.

Quand elle se tortilla, il passa ses mains sur ses hanches.

La guidant de haut en bas, ils s'embrassèrent et baisèrent.

Contrairement aux jeunes hommes avec qui il avait baisé cette nuit-là, Patrick a pris son temps.

Il l'a fait avec passion, la prenant comme s'il avait l'un des lapins de fitness du club de santé s'il en avait l'occasion.

Il n'a pas été surpris quand elle est venue et ne s'est pas arrêtée.

Il l'amena à un deuxième orgasme, trouvant cette fois son propre orgasme avec le sien.

«Merde, Patrick» dit-elle en le serrant dans ses bras. "Vous êtes doué."

"Toi aussi," dit-il, la tenant jusqu'à ce que sa respiration revienne à la normale.

"Est-ce que je peux prendre une douche?"

"Bien sûr," dit-il en la libérant.

"Tu pourrais me laver le dos si tu veux."

CHAPITRE 14

Lavée et séchée, elle lui tenait la main alors qu'elle retournait au salon.

"Nous sommes toujours Patrick et Katy, non?" elle a demandé.

Il acquiesca. "Eh bien, ce n'est pas grave si je fais ça correctement?"

Elle le poussa sur le canapé et remonta sur ses jambes.

Elle caressa sa bite et ses couilles jusqu'à ce qu'il soit à nouveau dur.

Souriant, elle le remonta.

«Je ne suis pas ivre,» dit-elle en l'embrassant.

"Vous étiez avant."

«J'étais content», admit-il. "Mais pas ivre."

"Intéressant."

"Tu me crois quand je dis que je ne suis pas ivre maintenant?"

Patrick hocha la tête.

S'il l'était, assez de temps s'était écoulé pour qu'elle se sente sobre.

Après s'être à nouveau embrassés, elle s'écarta.

"Je vous remercie."

"Parce que?"

"Pour m'avoir fait sentir la différence entre le vrai Patrick et l'esclave Patrick." Elle l'a embrassé. "Cela me donne plus envie de ça."

"Vouloir que?" s'enquit-il, se demandant si son jeu était terminé.

«Ça,» dit-elle en ramassant la pince à épiler qui était toujours assise sur le canapé.

Elle grimaça après avoir attaché le premier à son mamelon droit.

"WOW," dit-elle, surprise de voir à quel point ça faisait mal.

Il attacha le deuxième à son mamelon gauche.

Elle le descendit, prit la pelle et la lui tendit.

"Maintenant c'est à ton tour. Fessée-moi."

FIN

CHIENNE NAZIE (INTERRACIAL)

Siège de la Gestapo à Paris

Département FEM1

Mercredi 30 octobre 1940 8 h 00

Je me suis réveillé brusquement, endolori de partout.

Les muscles de mon cou me tuaient et je me sentais étourdi.

La lumière du matin, ruisselant à travers la fenêtre, illumine mon bureau et mon visage.

J'ai fermé les yeux et les ai frottés fort.

J'ai dû m'endormir du jour au lendemain en parcourant un tas de rapports qui m'étaient parvenus la veille.

Un coup d'œil dans le miroir révéla le visage fatigué d'une jolie fille de dix-neuf ans aux yeux et aux cheveux bruns foncés qui semblait n'avoir pas assez dormi depuis des jours.

Malheureusement, le miroir ne ment jamais.

Il travaillait quinze heures par jour depuis trois semaines en raison du fait qu'un grand réseau d'espionnage avait été découvert.

Mon père était très haut dans la hiérarchie du parti nazi à Berlin et, par conséquent, j'ai été nommé chef de cabinet du département FEM1 de la Gestapo à Paris.

Notre département était composé uniquement de femmes et était chargé d'interroger les femmes captives.

Mon grade était lieutenant et sous mes ordres directs, il y avait deux sergents nommés Michelle et Kat, tous deux dans la vingtaine.

Michelle était française avec de longs cheveux noirs et de beaux yeux perçants.

Sa taille de verre était de 90 C, tout comme celle de Kat, et elle était mince et athlétique.

D'un autre côté, Kat était néerlandaise avec de longs cheveux blonds, des yeux bleu-vert et des mollets parfaits.

Elle mesurait quelques centimètres de plus que Michelle et pesait quelques livres de plus.

Ils avaient tous les deux de gros culs serrés et les jambes les plus longues de Paris que je connaisse.

J'étais un peu plus grand Kat et ma taille de verre était de 95 B.

Un coup d'œil à mon bureau a révélé la présence d'un nouveau document.

Quelqu'un a dû l'apporter pendant ma pause et l'a laissé là-bas.

Le document concernait le transfert d'une femme captive qui avait été arrêtée lors d'un raid de la Gestapo dans un café parisien.

La prisonnière en question semblait être une citoyenne américaine de vingt-cinq ans, résidente de New York, et elle était... noire?

J'ai immédiatement froncé les sourcils et j'ai pensé que cela devenait très intéressant.

Le dossier joint au document indiquait qu'il devait interroger le sujet et extraire toute information précieuse par tous les moyens disponibles.

J'ai pris le téléphone et j'ai ordonné à Kat et Michelle de changer de vêtements et de me retrouver au sous-sol.

J'ai aussi changé rapidement et suis descendu les escaliers qui menaient au sous-sol.

Michelle et Kat étaient déjà là, vêtues de leurs tenues "d'interrogatoire".

Chacun portait un masque en cuir noir avec des ouvertures pour les yeux, le nez et la bouche.

Leurs cheveux étaient pris en queue de cheval derrière leurs têtes.

Des corsets en cuir noir se resserrèrent autour de leurs corps élancés, faisant apparaître leurs seins nus comme des pics de montagne charnus.

Ils portaient des gants en cuir noir sur leurs coudes et autour de leurs bras droits se trouvait un élastique rouge et blanc avec une croix gammée noire au milieu.

De petits cordons de cuir noir, presque inexistants, couvraient leurs entrejambes et laissaient leurs fesses entièrement exposés.

Ils portaient tous les deux des bas en nylon noirs et des bottes Wehrmacht.

«Amenez la prisonnière et attachez ses mains dans ces chaînes suspendues», ordonnai-je.

"Ha, ma maîtresse" s'exclamèrent-ils tous les deux.

Ils l'ont amenée et lui ont fixé les mains en les soulevant sur les chaînes pendantes.

J'ai pris mon temps et l'ai inspectée de fond en comble.

Il ne faisait pas plus de cinq pieds de haut et environ soixante kilos.

Ses yeux noirs en forme d'amande reflétaient la lumière artificielle du sous-sol comme des miroirs magiques, et son nez était typique des Afro-Américains.

Une bouche assez large aux lèvres charnues et pulpeuses mouillées trahissait son désir effréné de plaisir oral.

Ses cheveux noirs mi-longs étaient longs et raides avec de longues boucles à la fin.

Elle portait une longue robe à fleurs jaune moulante qui mettait en valeur les dimensions parfaites de son corps.

Dans l'ensemble, c'était une petite chocolatière et j'étais sûre que mes filles apprécieraient ce plat exotique à leur goût, car elles n'avaient jamais eu l'occasion de rencontrer des gens de couleur auparavant.

"Je voudrais que vous m'informiez de la raison de mon arrestation. Je suis citoyen américain et vous n'avez pas le droit de me garder ici. Les conditions de ma détention sont absolument scandaleuses. Je n'ai pas dormi, mangé et bu depuis de nombreuses heures Vous auriez dû informer l'ambassade américaine à propos de ma capture et je demande ... »tenta-t-elle de protester.

"Exigez-vous? DEMANDEZ-VOUS? Vous n'êtes pas en mesure d'exiger quoi que ce soit. Vous rendez-vous compte de votre situation? Vous êtes accusé d'être un espion et cela n'entraîne que la peine de mort. Alors vous feriez mieux de commencer à parler, parce que Je n'ai pas beaucoup de temps à ma disposition »lui criai-je.

"Il doit y avoir une erreur dans ses rapports. Je suis sûr qu'il m'a pris pour quelqu'un d'autre. C'est mon premier voyage en Europe et j'ai visité Paris pour ses attractions nocturnes. J'étais coincé ici quand la guerre a éclaté et je n'ai pas pu retrouver mon chemin. Sa police m'a arrêté alors que je parlais à un homme qui organiserait mon voyage de retour. Je ne sais rien d'autre. "

"Comment tu t'appelles?" Je lui ai demandé.

«Je m'appelle Gina, Lieutenant», dit-il.

"A partir de maintenant, vous m'appellerez Mme Vicky. Est-ce que c'est compris?" Dis-je et en même temps la gifla durement.

"Aïe! ... Oui ... Oui ... Madame ... Vicky ..."

«Écoute, salope dégradée. Tu vas tout me dire en détail. Je ne veux pas perdre mon temps précieux avec toi. Donne-moi des noms, des lieux, des codes et tout le reste. Je promets de ne pas te faire de mal et de te laisser partir quand nous aurons fini ou tu découvriras à quel point je peux être cruel. . Je lui ai dit en lui tirant les cheveux.

"Aaaahhh ... je jure devant Dieu ... je ne sais pas ... quoi que ce soit ... s'il te plait ..."

"Tu veux jouer dur? Nous verrons à ce sujet. KAT ET MICHELLE PRENDRONT SOIN DE VOS VÊTEMENTS MAINTENANT. PRENEZ-LES COMPLÈTEMENT SANS HABILLAGE!" J'ai aboyé mes ordres.

Kat et Michelle aux yeux follement brillants se sont jetés sur leur victime impuissante et ont commencé à déchirer sa robe en morceaux.

Gina tordit désespérément son corps alors que des doigts polyvalents déchiraient sa robe, son soutien-gorge, son string, son porte-jarretelles et ses bas en nylon sans pitié.

Elle a fini par ne porter qu'une paire de talons blancs et rien d'autre.

Il semblait que la petite démonstration de mon autorité sur Gina n'avait laissé personne indifférent.

Les tétons gonflés rose pâle de Kat rivalisaient avec ceux bruns gonflés de Michelle en termes de beauté, de taille et de dureté.

Les yeux de Michelle étaient fixés sur la fente poilue scintillante de Gina et sa langue lécha ses lèvres charnues, tandis que Kat caressait les magnifiques mamelons de Michelle avec sa main droite tandis que sa gauche était enfouie entre ses cuisses laiteuses.

« Aimez-vous ce que vous voyez Michelle? Je lui demande.

"Oui madame, elle est si belle et sans défense", a déclaré Michelle.

« Êtes-vous excité par une chatte noire sale? j'ai crié

"Oui madame ... Euh ... Non ... Je ne suis pas ..." Michelle essaya de s'excuser.

"AVEZ-VOUS OUBLIÉ D'APPARTENIR À LA RACE ARIENNE? Nous sommes destinés à diriger le monde. Il est dans nos gènes d'imposer notre suprématie et nos règles aux autres. Nous devons asservir le monde entier et amener l'aube d'une nouvelle ère. L'ère du NOUVEAU! ORDRE! Il n'y aura pas d'autres maîtres que nous. Noirs, jaunes, rouges sont obligés de servir et de travailler pour la gloire du troisième Reich. "

« Regarde et dis-moi ce qu'il y a de commun entre toi et cette salope. Vous et Kat faites partie des meilleurs exemples que notre race doit montrer. Kat est grande, blanche et intelligente; Elle ressemble à une Valkyrie du nord, pleine de puissance et de gloire, prête à tuer ses ennemis, et elle l'est!

« Vous ressemblez à vos grands ancêtres gaéliques qui n'ont jamais cessé de se battre vaillamment contre tous leurs nombreux ennemis, de tous les jours. Ces grands hommes et femmes vous ont laissé leur marque indélébile. Tu ne le vois pas? Tu ne peux pas le sentir? N'avez-vous pas lu comment ils se sont battus, défendant leur culture, leurs familles et leur pays? "

« Êtes-vous sûr de vouloir vous comparer à ces gens qui passent tout leur temps à courir nus et à s'accoupler à rouler dans la boue? Que savent-ils de la culture et de la civilisation? Absolument rien. Même mon Doberman les surpasse tous avec une extrême facilité. "

«Votre nation a élevé tellement d'hommes et de femmes formidables qui ont tellement contribué au monde qu'il n'aurait aucun sens de se référer à leurs réalisations. Vous déshonorez votre héritage. Vous me dégoûtez! "

«Je suis désolé, Miss Vicky, je ne pensais pas à ce que j'ai dit plus tôt. Je vous demande humblement de me pardonner. S'il vous plaît, madame, je vous en supplie. Ne m'envoyez pas au peloton d'exécution. Je ... ferai tout pour vous plaire comme Je fais toujours ... S'il te plaît ... "supplia Michelle.

« Tu as beaucoup de chance Michelle parce que j'ai dans mon cœur tellement d'amour pour toi. Je ne te dénoncerai pas à mes supérieurs, mais je t'accorderai le souhait que tu cherchais. Je te donne l'opportunité de servir ce misérable anus et chatte usés. SUR VOS GENOUX ET LE LÉCHER LE CUL, BITCH !!! "Je lui ai crié dessus et j'ai déboutonné la veste en cuir noir de mon officier.

Michelle s'agenouilla et rampa sur le dos de Gina.

Je me suis débarrassé de ma veste et je suis resté là, les jambes écartées et les mains sur ma taille.

Elle portait un corset en cuir noir qui ne couvrait pas la poitrine, avec des bretelles et une paire de gants assortis.

Quatre rangées de chaînes métalliques, avec leurs bords attachés à chaque sangle, couvraient mes seins nus et une sangle en cuir sans entrejambe serrait mes hanches fermes.

Elle portait également des cuissardes en cuir avec des talons aiguilles.

Michelle a commencé à caresser et à embrasser le cul noir parfait de Gina avec impatience.

Ses mains ouvraient et fermaient ses fesses avec une luxure effrénée.

Il pétrissait, massait, embrassait et léchait ces sphères noires, dans cet ordre, ne faisant attention à rien d'autre.

Sa langue se déchaînait dans la crevasse du cul de Gina, taquinant le trou noir avec la pointe sans relâche.

Il a même enfoncé son nez et a inhalé l'odeur musquée de son anus.

«Kat, je veux que vous fessiez le cul de Michelle sans remords. Donnez-lui une leçon. Disciplinez-la comme je le ferais,» lui dis-je avec un dégoût total.

"Mmmmm ... Je le ferai certainement Maîtresse ... Mon plaisir" répondit joyeusement Kat.

"Fais rougir ce cul! Punis et laboure son derrière audacieux avec l'instrument de destruction! Je veux voir sa peau blanche et veloutée verser des larmes de sang!" Je l'ai aiguillonnée.

«Ha. Maîtresse.

Obéissant, Michelle a soulevé ses fesses et a attendu l'inévitable, bien qu'elle ait continué à pousser sa langue rouge agile dans le canal anal de Gina.

Elle devait faire un excellent travail parce que Gina haletait et balançait son bassin de manière incontrôlable.

Kat a pris derrière Michelle et a porté le premier coup à l'arrière voluptueux de Michelle.

Ses côtés se tordirent et elle laissa échapper un petit gémissement dans le cul de Gina.

Kat frappa à nouveau et Michelle mordit durement la viande de cul de Gina, qui à son tour gémit et se cambra le dos.

Je me suis dirigé vers Gina et j'ai commencé à faire rouler ses tétons bruns gonflés entre mon pouce et mon index.

Elle a crié de douleur et je l'ai giflée plusieurs fois.

Puis j'ai mis ses seins en coupe et les pétris dur.

J'ai pris du temps à abuser de ses seins tout en la regardant dans les yeux.

Pendant ce temps, Kat donnait une fessée au cul de Michelle avec une grande expérience et de nombreuses bosses rouges étaient apparues sur sa peau battue.

Michelle n'a jamais cessé de baiser le cul de Gina, même si ses fesses ont beaucoup souffert de la pluie de coups de Kat.

«Vous avez quelque chose à me dire? J'ai demandé ironiquement à Gina.

"Mmmmmm ... Ow! ... Oohhh ... Je t'ai dit ... Je ne sais rien ... s'il te plait ..." gémit-il.

"Alors, vous vous attardez sur votre histoire. Très bien, je vais continuer alors."

"Kat! Arrêtez de vous frotter la chatte et concentrez-vous sur votre devoir. Mettez le gros phallus et baisez le cul de Michelle. MAINTENANT!"

Alors que Kat attachait son harnais de phallus de huit pouces de long et trois pouces de large à sa taille, j'ai attrapé un fouet en cuir à cinq queues sur la table voisine.

Ensuite, j'ai commencé à donner une fessée aux petits seins de Gina, en m'assurant de frapper également ses mamelons durs à chaque coup.

Il l'insultait également avec des noms comme pute bon marché, chatte usée, noir, salope sale, anus sale et autres.

Kat est venue derrière Michelle et l'a chevauchée.

Il plia les genoux, écarta la corde de cuir de Michelle et guida la tête du phallus jusqu'à l'entrée de son anus.

À ce moment-là, Michelle était à genoux et embrassait et léchait les chevilles de Gina.

Kat a poussé fort et a planté son "pénis féminin" à l'intérieur de l'ouverture anale réceptive serrée de Michelle.

Michelle secoua la tête, jetant ses cheveux en l'air, et gémit de douleur alors que Kat saisissait ses côtés avec ses mains, les utilisant comme ancres pour se stabiliser.

Kat a ensuite commencé à baiser violemment Michelle dans le cul en prenant un rythme rapide et régulier.

Alors que je donnais une fessée aux seins gaies de Gina, j'ai remarqué que son monticule poilu et sa fente étaient trempés.

Son clitoris rouge sortait de sa capuche noire, surexcité par l'action en cours.

La pute au chocolat devait apprécier ce qui se passait.

J'ai immédiatement retourné mon attention et j'ai commencé à fouetter son ventre et ses cuisses.

Les lanières de cuir de mon fouet étreignaient sauvagement chaque courbe de son corps comme des langues serpentines, laissant partout leurs marques indéniables.

Même son clitoris gonflé voulait partager sa passion alors qu'il tendait la main dans un effort minutieux pour recevoir la punition dont elle avait désespérément besoin.

Quelques tapotements bien ciblés sur son bouton sensible satisfaisaient pleinement cette méchante quête de soulagement, même si une douleur atroce était le prix qu'il devait payer.

«De l'eau... s'il vous plaît... donnez-moi de l'eau... j'ai tellement soif... Maîtresse,» supplia Gina.

"Ce n'est que si vous me donnez ce que je vous demande, je répondrai à vos demandes. Êtes-vous prêt à parler?" M'a dit.

"S'il vous plaît ... je ne suis pas un espion ... juste ... un touriste ... j'ai ... besoin ... d'eau."

Je pâlis et restai immobile et sans voix.

Je m'imaginais debout devant le peloton d'exécution ... puis un coup puissant ... me serrant dans mes bras et mordant la terre noire ... mon père m'a donné le coup final (coup final) avec son pistolet ...

Cela n'avait aucune valeur.

L'écume s'est avérée être une noix très difficile à casser.

Ma vie ne vaudrait pas un centime si j'échouais à mon devoir.

J'ai regardé le sol et j'ai vu Kat et Michelle faire l'amour passionné.

Michelle était allongée sur le sol avec ses jambes écartées et Kat était au-dessus d'elle en train de battre sa chatte bouillante comme une âme damnée.

Ils pressaient leurs tétons excités les uns contre les autres et leurs langues rouges étaient emmêlées dans une valse frénétique.

Kat et Michelle se moquent de mon avenir.

Le sang dans mes veines a commencé à bouillir et ma vue devenait de plus en plus sombre.

Il ne pouvait pas décider ce qu'il voulait faire en premier.

Dois-je étrangler lentement Gina, à mains nues, très lentement ?

Ou commencer à donner des coups de pied aux fesses de Kat et Michelle sans arrêt ?

«Kat et Michelle arrêtent ce que tu fais et viens ici! MAINTENANT! Détache les chaînes de Gina et prépare-toi! Je les ai commandés.

Ils firent ce qu'on leur avait dit et Gina tomba à genoux, les mains toujours levées.

«Michelle, notre prisonnière a soif. Donnez-lui votre nectar.

"Il aime certainement."

Michelle rapprocha son bassin de la bouche de Gina et écarta ses sous-vêtements en cuir. Elle écarta ses pétales de rose et lâcha son urine fumante et salée.

Gina ouvrit sa grande bouche et tira sa langue quand Michelle guidait son jet d'urine jusque dans sa gorge assoiffée.

Il avalait la rivière jaune de Michelle avec impatience alors que sa langue attrapait chaque goutte qui manquait sa marque dans l'air.

Kat s'approcha et commença à faire pipi sur Gina également.

Ils baignaient son nez, ses yeux, sa bouche et ses seins avec leurs fluides dorés.

Gina est devenue folle en essayant d'avaler les torrents d'urine de Kat et Michelle simultanément parce qu'elle ne voulait pas manquer une seule goutte.

Après avoir fini de faire pipi, Michelle a collé sa chatte humide sur les lèvres de Gina.

Gina a immédiatement commencé à lécher et grignoter ses pétales de velours, suçant profondément et avalant des fluides d'amour et d'urine.

J'ai envoyé Michelle mettre un gode noir de dix-huit pouces et Kat a pris sa place sur place.

Gina ouvrit la bouche aussi loin qu'elle le put pour accueillir le grand phallus de Kat.

Kat a guidé son «pénis féminin» dans sa gorge et a commencé à balancer ses hanches d'un côté à l'autre.

Gina a eu la nausée plusieurs fois, mais a continué à l'avaler.

Il s'est rapidement habitué à ses dimensions incroyables et, à son tour, a commencé à secouer la tête, rencontrant les poussées de Kat au milieu.

J'ai ordonné à Kat de s'allonger sur le sol et de placer son bassin entre les cuisses de Gina.

Elle l'a fait et a mis son "phallus" debout.

Gina lui a littéralement sauté dessus et sa chatte noire chauffée l'a immédiatement englouti.

Elle balançait son corps trop vite avec l'outil dur de Kat et ses seins se balançaient de haut en bas au rythme de ses mouvements.

Michelle attrapa les cheveux de Gina et la fit se pencher.

Gina était complètement allongée sur Kat et leurs seins se sont mis en contact.

Michelle s'agenouilla derrière et écarta les fesses de Gina.

Elle apprécia la vue du cul de Gina pendant un moment puis y posa la tête de son gode noir.

Michelle poussa fort et passa la tête sur le sphincter réticent de Gina avec difficulté.

Gina, à son tour, a crié quand elle a senti son cul se faire violemment pénétrer.

Il semblait que le cri de Gina était le signal pour Kat et Michelle de devenir fous.

Michelle a commencé à battre le cul de Gina comme une chienne en chaleur et Kat poussait son bassin en perçant la chatte étirée de Gina pendant que ses mains lui pinçaient les mamelons.

Avec deux outils travaillant ses trous comme des pistons bien lubrifiés, Gina n'avait d'autre choix que de succomber.

"¡¡¡¡¡¡¡¡¡¡¡¡¡¡Oh mon Dieu! Je suis une pute! S'IL VOUS PLAÎT... BAISE-MOI... LES DEUX... VOUS EN MÊME TEMPS! JE VEUX ÊTRE... UNE CHIENNE NAZIE... JE... VEUX... JE VOUS dirai... TOUT... JUSTE... GARDEZ ME BAISER. .. S'IL VOUS PLAÎT !!! OHHH ... JE VAIS VENIR !!!!!!!!!! "

"Je sais que tu le feras" dis-je avec un grand sourire sur mon visage.

.

FIN

GORGE PROFONDE (BDSM)

PRÉFACE

QUELQUES ANS AVANT

Tout a commencé lorsque le directeur d'une grande société de presse a fait une offre très simple lors d'une cérémonie:

«Venez à mon bureau», dit-il. «J'adorerais discuter de certaines opportunités commerciales avec vous.»

Barbara sentit qu'elle flottait au-dessus des nuages.

Après avoir passé la nuit à côtoyer des célébrités et des politiciens lors du somptueux gala, c'était sûrement sa chance de décrocher un emploi à plein temps dans le monde des nouvelles par câble.

"Ce serait incroyable," répondit-elle, étonnée.

"Allez, alors. Vous avez probablement entendu dire que nous sommes en train de penser à concevoir un nouveau spectacle en direct et que nous recherchons de nouveaux visages."

Au cours de la dernière année, il avait fourni une analyse juridique pour cette société sur certains des programmes les mieux notés.

Sur Twitter, il semblait aimer son analyse.

Et dans cette entreprise, les femmes devaient être belles et bien parler pour réussir.

Les cheveux blonds de Barbara, son esprit vif et son nez guilleret lui ont donné tous les ingrédients d'une star de la télévision.

«J'aimerais ça», dit-il avec son sourire de grande qualité, conservant son attitude professionnelle mais amicale.

L'offensive de charme des dirigeants était à son apogée et ils ont quitté le parti pour discuter de choses en privé.

Le bureau n'était pas loin.

Ils ont traversé la rue, elle dans sa robe glamour et lui dans son élégant smoking.

La conversation était informelle et coquette, comme s'ils étaient à un premier rendez-vous plutôt qu'à un entretien d'embauche.

Une fois arrivés à l'étage exécutif, Barbara a estimé qu'elle était entrée dans un monde où des négociations d'un million de dollars se déroulaient régulièrement, un lieu où les carrières étaient faites ou détruites.

Mettant son visage de poker parfait, elle était déterminée à masquer ses nerfs.

Le bureau principal était inhabituel.

Il a été conçu et meublé pour ressembler à une maison confortable.

Il y avait des canapés en cuir et des armoires en bois.

Il y avait des livres sur les étagères et des photos sur le mur.

Les murs étaient de couleur sombre et il était facile de se sentir détendu.

Après avoir versé quelques verres de scotch, le chef se tenait côte à côte avec Barbara devant une grande fenêtre donnant sur la ville.

Là, ils ont discuté de leurs ambitions, espoirs et rêves.

Alors qu'il répondait honnêtement à ces questions, elle était encouragée qu'il semblait reconnaître qu'elle était plus qu'un beau visage.

«Passons aux choses sérieuses,» dit-il en se penchant près de son oreille. "Vous êtes une femme très intelligente et je suis sûr que vous avez déjà découvert comment fonctionne cette entreprise."

Elle haussa un sourcil.

"Oh? Et comment ça marche?"

"Eh bien, vous savez, les belles femmes comme vous ne se rendent pas au siège de présentatrice de mon entreprise à moins qu'elles ne coopèrent."

"J'ai toujours été un joueur d'équipe", a répondu Barbara.

Il a montré un sourire charmant.

"Tu sais ce que je veux dire, non?"

"Oh oui?" elle a ri. "Pour vous et pour qui d'autre?"

Barbara savait exactement à quoi le patron faisait référence, car elle avait entendu les rumeurs.

Elle avait supposé que la plupart de ces rumeurs étaient de pure rumeur, du moins il lui semblait donc qu'elle pensait que le patron utilisait ces rumeurs pour la taquiner.

Elle essaya de rire, espérant que c'était un malentendu.

Néanmoins, il est resté sérieux sur la question.

"Tout le monde en politique et dans les médias a son ami. Voilà comment cela fonctionne. Et si cela se produisait, je pense que vous seriez une personne parfaite. Vous avez toutes les qualités que je recherche chez une femme."

Elle déglutit.

"Et que devrais-je faire?"

"Si vous voulez jouer avec les grands garçons, vous devez jouer selon nos règles. Vous devrez peut-être faire une fellation de temps en temps."

Comme elle était une femme qui aimait sucer des bites, c'était une proposition intéressante.

Mais il n'avait encore jamais mêlé affaires et plaisir.

Avec sa soumission finale à l'horizon, il ne s'était jamais senti aussi en conflit.

"Vous plaisantez," dit-il prudemment.

"Est-ce que cela vous met mal à l'aise?"

"Vous êtes un homme vraiment charmant, mais j'ai toujours compté sur le pouvoir du mérite pour le travail accompli. J'ai travaillé très dur toute ma vie."

«Vous ne pouvez pas être aussi naïf», questionna-t-elle. «Je suis sûr que la plupart de vos patrons ont essayé de vous baiser. Et probablement certains de vos patrons aussi.

"Je sais. Tu as raison. Est-ce ce que tu essaies de faire maintenant? Essaye de me baiser?"

Il hocha brièvement la tête.

"Pour être honnête, j'aime être dominant. Mais je suis aussi extrêmement généreux envers mes employés. Je peux faire de vous la star que vous avez toujours voulu être, parce que vous avez ce potentiel. Avez-vous déjà participé à des activités BDSM ?"

"Jamais," répondit-elle, essoufflée.

"Craintif ?"

"On ne m'a jamais demandé cela auparavant. Cependant, je serais ouvert à cela, mais avec la bonne personne."

«D'après ce que je sais, vous avez toujours été une femme hétérosexuelle», dit-elle. "C'est bien. Mais il n'y a rien de mal avec l'omelette. Et j'adore présenter et former les femmes à mon style amusant."

Le rythme cardiaque de Barbara a augmenté à l'idée d'être «entraîné».

C'était une offre alléchante, d'autant plus qu'il semblait avoir de l'expérience.

Elle prit une profonde inspiration.

"Tu me fais rougir maintenant."

Ils se faisaient face.

Le chef la regarda profondément dans les yeux, comme s'il planifiait son prochain mouvement.

Le patron s'est éloigné d'elle et a ouvert un tiroir de bureau.

À l'intérieur se trouvaient toutes sortes de jouets; pagaies, fessées, vibrateurs.

L'ambiance dans la pièce a changé lorsqu'il a pris une laisse attachée à un collier en cuir.

"Es-tu une bonne suceuse de bite?" demanda-t-il impassiblement, tout en tenant les jouets.

Elle déglutit.

"Oui, je le suis. J'adore le faire."

"Avez-vous un réflexe nauséeux en le faisant?"

«Normal», admit-il.

"Eh bien, je vais devoir mettre vos compétences orales à l'épreuve. Après tout, c'est un trait très important pour tout présentateur, vous ne pensez pas ?"

Pendant les quinze minutes suivantes, Barbara était à genoux alors qu'elle le suçait après qu'il eut fixé le collier autour de son cou.

Il ne s'était jamais senti aussi impuissant que maintenant lorsqu'il sentit la sangle que son patron tenait fermement.

Lorsque sa grosse bite entra dans sa bouche, tout ce qu'elle pouvait faire était d'accommoder la circonférence alors qu'il commençait à la sucer.

En guise de démonstration de maîtrise, de temps en temps, il tirait fermement sur la laisse.

Si l'objectif était de tester son réflexe nauséeux, elle était déterminée à réussir ce test.

À la fin de l'acte sexuel, l'ancienne apparence glamour de Barbara avait complètement disparu.

Son mascara coulait sur ses joues à cause des larmes qui venaient de la nausée.

Son rouge à lèvres était taché et il y avait des gouttes de lait blanc sur son menton, qui avaient suinté autour de sa bouche.

Barbara baissa la tête pour lui faire retirer la sangle.

Cela avait été à la fois exaltant et humiliant.

Se sentant confuse, elle ne savait pas comment réagir après un moment comme celui-ci.

C'était certainement un nouveau territoire.

Le doigt du chef souleva son menton et ils se regardèrent dans les yeux.

Elle est restée à genoux, la bite mouillée du patron pend toujours devant son visage.

"Ne parlez de ça à personne," dit-il avec un sourire narquois. "Mais tout a été filmé. J'aime avoir tout le pouvoir. J'ai attiré votre attention, n'est-ce pas? Maintenant, parlons affaires?"

Barbara haleta, avant de mettre un faux sourire sur son visage.

CHAPITRE 1

Après trois semaines d'enquête et de surveillance diligentes, Juliette était en mouvement.

Fini ses propres cheveux bruns en désordre.

Maintenant, elle était blonde.

Sa garde-robe auparavant simple avait été remplacée par une robe sexy, accentuant les formes de son corps.

Peu de personnes connues de sa vie personnelle l'auraient reconnue.

Elle pourrait être tout ce qu'un client a besoin d'elle.

Ressemblant au sien, personne n'osait remettre en question ses véritables motivations alors qu'elle se présentait au bureau de sécurité du hall sous un faux nom.

Et toute inquiétude résiduelle qu'elle avait de se balancer à moitié dans ses nouveaux talons avait disparu.

Elle avait déjà maîtrisé ces talons hauts et remarqua en fait quelques yeux errants sur ses jambes.

Il y eut le puissant clic de ses talons sur le carrelage alors qu'elle se dirigeait vers l'ascenseur.

Oh oui, elle était arrivée.

***

Après avoir atteint l'étage approprié, il descendit le couloir vers un endroit qu'il n'aurait jamais pensé visiter.

En passant des stagiaires occupés, des employés qui se courent les uns sur les autres et des femmes intelligentes et sexy se préparant à leurs apparitions à la télévision, Juliette a réussi à se fondre les unes dans les autres.

Au coin de la rue se trouvait le vestiaire.

À l'intérieur, elle a vu sa sœur aînée séparée des autres, assise devant un miroir alors qu'une équipe de stylistes finissait de travailler sa magie.

Comme toujours quand elle la voyait après un moment, Juliette était étonnée de la beauté de sa sœur aînée.

Cela faisait des années qu'ils ne s'étaient pas exprimés en personne.

Ils avaient toujours été séparés car leur drame familial gardait un espace entre eux.

Mais à la fin, la famille est la famille et elle s'est sentie obligée de faire n'importe quoi pour sa sœur aînée.

Elle frappa à l'encadrement de la porte pour attirer son attention et les stylistes la regardèrent avec une légère curiosité.

Après un moment, sa sœur aînée s'est adaptée au nouveau look de Juliette.

Barbara fit un signe aux assistantes maquillage et garde-robe.

"Nous avons terminé. Donnez-nous un peu d'intimité."

Les employés ont fui leur patron exigeant, laissant les sœurs seules.

"Surpris de me voir?" Demanda Juliette en entrant dans le vestiaire et en fermant la porte.

«En fait, je le suis. Cela m'étonne que tu ne ressemble plus à un garçon manqué. Tu me ressemble beaucoup maintenant, dans cette robe et ce maquillage. Et ces talons. Mon Dieu, je ne t'ai jamais vu comme ça.

«C'est presque poétique qu'on se retrouve dans une loge, tu ne trouves pas?

"Je suis désolé pour tout," répondit Barbara. "J'aurais aimé que les choses aient été différentes entre nous. Peut-être qu'après tout ça, nous pourrons ..."

Juliette est intervenue.

"Nous pourrons régler nos différences la prochaine fois. Je suis ici pour faire un travail et je dois garder la tête en place. Je n'ai jamais rien fait de tel auparavant. Jamais. Et c'est juste parce que nous sommes une famille."

"Merci. Vous serez largement récompensé pour votre travail."

"D'après ce que j'ai lu sur vous dans les tabloïds, je m'attends à un taux sérieux. On dirait que vous avez reçu plusieurs offres impressionnantes d'autres réseaux câblés."

"Si vous pouvez m'aider, tout ce que vous avez à faire est de dire votre taux."

Juliette hocha la tête.

"Un ami a pu obtenir les codes de sécurité et la disposition du sol. C'est définitivement faisable."

"Quels amis vous avez."

"Vous avez besoin d'une équipe pour faire ce genre de travail," répondit Juliette. «Y a-t-il autre chose que j'ai besoin de savoir? Vous a-t-il déjà menacé ouvertement? Si je fais cela, soupçonnera-t-il que vous étiez impliqué?

Barbara secoua la tête.

"Pas question. Il ne m'a jamais, tu sais, menacé ou quoi que ce soit. Ce sont juste des indices et des insinuations en ce moment. Il sait que je soumets des CV et je veux sortir d'ici. C'est à ce moment-là qu'il fait des commentaires sournois sur notre petite collection de vidéos et. .. eh bien ... vous voyez l'idée. "

"C'est du chantage".

"Appelez ça comme vous voulez".

"Est-ce que cela arrive aussi à d'autres femmes de cette entreprise?" Demanda Juliette.

Barbara a failli rire.

«Il m'a dit une fois que les jolies femmes comme moi ne passent pas à l'antenne sans renoncer à quelque chose en retour. Et je sais avec certitude que beaucoup de femmes sont ses« putains de jouets », comme il l'appelle. Dès que le chantage sort, personne ne fait un autre pas. Ils ont peur après avoir découvert que leurs moments les plus intimes avaient été enregistrés à leur insu. "

Avec son œil vif, Juliette remarqua une légère série de lignes sur le côté du cou et des épaules de sa sœur.

Il a coiffé les magnifiques cheveux blonds de Barbara en arrière et a exposé les marques.

"C'était consensuel, j'espère," dit Juliette, avant de toucher doucement les lignes.

Barbara a soulevé ses cils.

"C'est toujours consensuel."

Après avoir étudié le comportement humain tout au long de sa vie adulte, Juliette a lu le langage corporel et le ton de sa sœur.

Elle hésitait à demander, mais voulait vraiment savoir.

"Tu aimes coucher avec lui ?"

"Oui," dit Barbara sans hésitation. «Vous avez toujours été une petite sœur curieuse. Je suis sûr que vous comprendrez bientôt. J'aurais aimé que vous ne l'ayez pas fait, mais je sais que vous le comprendrez.

"Je vais devoir regarder certaines des vidéos. Je ne vais pas effacer tout son disque dur. Juste les choses que vous voulez que je jette."

Je vais essayer de ne pas être gêné par tout cela.

"Je garde des secrets pour vivre," répondit Juliette.

"Merci. Alors, comment allez-vous faire ?"

Juliette fouilla dans son sac et en sortit un smartphone d'apparence ordinaire.

Il l'a tendu à Barbara pour qu'elle l'examine.

Après avoir allumé l'écran, un code crypté est apparu, indiquant clairement qu'il était loin d'être un téléphone normal.

«C'est le genre de chose que les espions utilisent,» dit Juliette, dans un murmure conspirateur. "Je vais le brancher sur votre disque dur et effacer tout ce qui est incriminant. Quoi qu'il en soit, s'il est utilisé pour quelque chose de plus fort que d'enregistrer des femmes en train de faire l'amour, alors votre ordinateur plantera. Comme je l'ai dit, je ne fais ça que parce que c'est vous."

Barbara a montré son sourire primé.

«Je ne savais pas que j'avais une technique nerdy sexy sur ma sœur. Merci beaucoup. Vous sauvez la vie.

"Ne me remercie pas encore Barb. C'est un travail risqué. Et gardez à l'esprit que cette technologie m'a coûté une fortune, alors j'espère que vous me payez bien."

«En juillet, une fois que j'accepte ce contrat avec une autre entreprise de câblodistribution, vous pouvez vous permettre de partir en vacances pendant un an. Faites-moi confiance.

Se rendant compte qu'elle devait faire son travail, Juliette regarda l'heure.

Oui, il était temps d'agir.

"Je dois y aller," dit Juliette. "La fenêtre d'opportunité est sur le point de s'ouvrir."

Malgré leur longue période d'éloignement, leurs liens de fraternité sont restés.

Et se donnant des adieux nerveux, ils étaient déterminés à remporter la victoire.

CHAPITRE 2

Le bureau de Stevens était à l'étage exécutif.

Comme prévu, plusieurs autres femmes discutaient dans le hall, toutes habillées de manière professionnelle.

Même si elles ressemblaient à des femmes d'entreprise, elles avaient en fait été embauchées à d'autres fins.

Assise dans le couloir, Juliette se mêlait à toutes les autres femmes.

Elle se sentait nerveuse et excitée dans l'environnement.

Le moment venu, deux grands hommes en costumes noirs sont venus et ont expliqué à tout le monde que le processus se ferait de manière ordonnée.

Les femmes se sont alignées et l'un des agents de sécurité a brandi un presse-papiers pour vérifier leurs noms.

Juliette se tenait à la fin de la file et savait que ce serait tout un défi.

Mais elle était prête.

C'était une femme pleine de ressources, elle avait toujours des alternatives.

Quand ce fut son tour, elle se tint discrètement devant les deux hommes imposants, qui semblaient indifférents à l'une des belles femmes.

"Nom?" demanda l'homme sans expression, les yeux sur la liste.

«Karen».

L'homme regarda la liste puis la regarda.

"Votre nom n'est pas ici. Avez-vous un autre pseudonyme?"

"Hmm ... Je savais que cela arriverait. Mme Andrea m'a ajouté à la dernière minute. Tu ne peux pas faire une exception? Tu peux l'appeler si tu veux."

"Je ne peux pas faire ça," dit l'homme d'un ton sérieux. "Vous êtes sur la liste ou pas."

Juliette a feint la déception et a parlé d'une voix féminine:

"Et cette pièce d'identité? Elle semble fonctionner partout."

Discrètement, il souleva le devant de sa jupe et utilisa son pouce pour accrocher sa culotte.

En tirant vers le bas, elle a révélé une chatte fraîchement rasée.

C'était son plan de secours, un plan qu'il espérait éviter d'utiliser, juste pour de rares instants, mais il savait que cela fonctionnait lorsque l'homme au visage de pierre se mit soudainement en colère et resta bouche bée.

"Cela semble être une excellente identification", dit-il avec un signe de tête. «Allez-y, Miss Karen.

"Comme il est chevaleresque de sa part," flirta-t-elle en entrant.

***

L'épisode de l'exposition de sa chatte a mis Juliette mal à l'aise, mais elle était prête à contourner les règles à la recherche de justice.

C'est ce qui a fait d'elle une enquêteuse privée si réussie.

Le groupe de femmes a été dirigé vers différentes pièces où plusieurs hommes attendaient.

Aujourd'hui, c'était une sorte d '«audition», des avantages dont la direction se sentait en droit de profiter.

Observant subrepticement la situation, il attendit que la dernière femme se glisse dans une pièce avant de s'enfuir sans se faire remarquer.

Dans ses talons hauts, c'était un mouvement impressionnant.

En raison des travaux de son enquête, elle savait que la secrétaire de Stevens ne serait pas présente à ce moment de peur d'être témoin de la débauche.

Alors Juliette est allée au bureau principal et a entré le mot de passe secret.

Avec ce mot de passe, la porte s'ouvrit, alors il entra discrètement sans faire de bruit.

C'était le domaine de Stevens, l'endroit où le chef d'entreprise faisait ses affaires et faisait l'amour.

Plus important encore, c'était là que se trouvait le disque dur.

S'arrêtant un instant, elle savoura la sensation d'être seule dans le bureau du patron.

Il a prospéré dans des emplois à haute pression comme celui-ci et a trouvé le risque exaltant.

Il a été surpris que le bureau ait l'apparence d'un appartement de luxe.

C'était très accueillant.

Le temps presse et elle est allée directement à l'ordinateur.

Après avoir allumé l'écran, il a vu qu'il était protégé par mot de passe, comme il l'avait déjà anticipé.

Elle a fouillé dans son sac et a branché le smartphone modifié sur l'entrée USB de l'ordinateur.

Succès.

Protection couchée.

En feuilletant les fichiers, Juliette s'est rendu compte qu'elle avait désormais accès à toutes les informations privées de Stevens.

Elle a immédiatement su que cet ordinateur était connecté à tout un réseau de caméras cachées situé à cet étage.

Il cliqua sur l'un d'eux et fut surpris par ce qui se passait dans une autre pièce au bout du couloir.

Deux femmes flirtaient avec un homme et elles semblaient avaler à tour de rôle un gode.

Dans une autre pièce, trois femmes avaient baissé leur culotte et il semblait qu'elles partageaient un vibromasseur.

Éteignant les caméras, il est retourné à la recherche des fichiers informatiques.

Et il a rapidement trouvé ce qu'il cherchait.

Fils de pute, se murmura-t-elle.

Il y avait des dossiers pour plusieurs des meilleures présentatrices sur le net, ainsi que quelques autres personnes qu'elle reconnaissait.

Ce qu'ils avaient tous en commun était l'apparence d'une fille puissante: des sourires éclatants, des jambes frappantes, des cheveux glamour et un grand sex-appeal.

Juliette a débattu avec elle-même de ce qu'il fallait faire ensuite.

Son côté le plus pervers l'a emporté à la fin et elle a cliqué pour ouvrir un dossier appelé «Barbara».

Le dossier de sa sœur.

CHAPITRE 3

Elle a regardé l'enregistrement le plus récent, qui montrait sa sœur aînée parfaitement soignée et prête à participer à son émission de l'après-midi.

Le haut de la robe de Barbara était haut et serré à sa taille.

Alors qu'elle était allongée face contre terre sur le bureau du patron, il la baisait par derrière.

Dans sa main, elle a tenu un petit fouet et a fermement fouetté le dos de Barbara.

Si elle jouait l'audio, Juliette était sûre qu'elle entendrait des cris de douleur et de plaisir.

On aurait dit que le patron baisait Barbara dans le cul.

"Sale salope," marmonna Juliette pour elle-même avec un sourire. «C'est ainsi que vous avez ces marques sur le dos.

Incapable de résister, Juliette a cliqué sur une autre vidéo.

Cette fois, il vit sa célèbre sœur aînée agenouillée, tenue par un collier en laisse.

Un homme costaud, qu'elle a reconnu comme le gardien de sécurité plus tôt, tirait en laisse pendant que Barbara déglutissait profondément, et entre deux halètements, suçant un autre homme, qui semblait être un cadre supérieur.

La partie surprenante, ou pas si surprenante, était que, à la fin, après que les deux hommes eurent rempli sa bouche de sperme, Barbara sourit et sembla ravir leur attention.

Avec un sourire rempli de sperme, on aurait dit qu'elle avait plus tard bavardé gentiment avec les hommes.

Les soupçons de Juliette ont été confirmés.

Elle savait qu'il y avait une raison pour laquelle sa sœur ne voulait pas qu'elle voie ces vidéos.

Ce n'était pas seulement que les sex tape existaient.

Au fond, elle pouvait voir que Barbara était devenue un véritable produit BDSM, malgré le chantage.

En vérité, Juliette aussi.

C'est pourquoi elle ne pouvait pas être en colère contre sa sœur.

Elle avait beaucoup d'expérience avec les relations sexuelles brutales pendant sa jeunesse, lorsqu'elle a été promue détective dans la police.

Le travail avait ses mauvais moments, et le sexe était quelque chose qui a enlevé l'anxiété et l'a adoucie.

Pour elle, le sexe brutal était meilleur pour soulager le stress que la drogue ou l'alcool.

Elle a fermé la vidéo de sa soeur en train de sucer une bite et a envisagé d'en regarder une autre.

Mais plus elle restait longtemps, plus elle avait de chances d'être prise.

J'avais l'intention de rendre un immense service aux femmes de cette entreprise en supprimant les fichiers et en verrouillant tout le mainframe.

Le patron méritait de ne rien avoir.

Il s'arrêta lorsqu'un dossier appelé «Power» attira son attention.

Qu'est-ce que ça pourrait être?

Pour un homme comme Stevens, cela devait être quelque chose d'extrêmement salace.

Le côté curieux de Juliette l'a emporté et elle a rapidement jeté un coup d'œil.

Il y avait une liste de noms de famille dans le dossier, dont certains qu'il reconnaissait.

Ils étaient des politiciens éminents à tous les niveaux de gouvernement.

Cela ne pouvait pas être ce qu'elle pensait que c'était, n'est-ce pas?

Il a cliqué sur un nom reconnaissable, qui semblait être le nom de famille du procureur de la ville.

Une vidéo a été diffusée, qui ressemblait à un enregistrement secret réalisé dans une chambre d'hôtel luxueuse.

Son soupçon a été confirmé, il s'agissait du procureur, sur vidéo, d'avoir des relations sexuelles avec ce qui semblait être une escorte féminine.

Le procureur a été ligoté alors qu'ils lui exécutaient des actes sexuels humiliants.

"Oh mon Dieu," haleta-t-elle, réalisant qu'elle venait de tomber sur un fichier de chantage.

« Qu'est-ce que c'était pour ça ? Allait-il jamais être utilisé ? Quelque chose était-il utilisé maintenant ? » Se demanda-t-elle.

Bien qu'il n'ait parlé à personne dans la police depuis de nombreuses années, cette information devait être transmise à ses anciens collègues.

Mais elle avait un gros problème.

Entrer par effraction dans un bureau et pirater un ordinateur est illégal sans mandat.

Il savait que le meilleur moyen serait de faire une copie de tout ce matériel et de le transmettre anonymement à ses anciens collègues.

Quelqu'un saurait quoi en faire.

Malheureusement, elle ne transportait aucun équipement pour en faire une copie, ce qui signifiait qu'elle devrait revenir demain et terminer le travail.

Juliette a débranché son appareil et l'a remis dans son sac.

À l'aide d'un mouchoir en papier, il a nettoyé le clavier.

Avant de quitter le bureau, il ferma les yeux et prit une profonde inspiration.

Elle avait fait de nombreux sacrifices et avait traversé de nombreuses difficultés dans la vie.

Serait-ce vraiment pire ?

Elle savait qu'elle le regretterait.

Avec ses pulsions sombres, elle déchaînait un côté d'elle-même qu'elle souhaitait pouvoir enfermer pour toujours.

Mais ce serait pour le plus grand bien.

Juliette ouvrit la porte et s'assura que le rivage était dégagé avant de quitter le bureau du patron.

Pour rentrer demain dans cet appartement, elle devrait passer un des tests et être «initiée» dans le groupe des compagnons.

Je ne reverrais plus jamais ces gens.

Une fois qu'elle a laissé tomber son déguisement, ils ne la reconnaîtraient jamais.

Alors cela aurait valu le sacrifice.

CHAPITRE 4

La salle de sexe oral semblait la moins intrusive, car elle n'aurait pas à enlever aucune partie de son corps.

Comme sa sœur aînée, elle a eu la chance de pouvoir enfoncer une bonne bite dans sa gorge sans avoir à vomir.

S'il pouvait le faire une fois devant un groupe d'étrangers, il pourrait perturber une conspiration majeure.

Ironiquement, elle n'avait jamais découvert une telle conspiration, même lorsqu'elle avait été détective officielle.

Il entra dans l'une des pièces où un homme bien habillé regardait plusieurs femmes sucer des godes de différentes tailles.

Il a étudié attentivement les performances pour découvrir qui avait les meilleures capacités naturelles, sachant ainsi ce qu'il aurait à faire pour les améliorer.

Les femmes avaient les larmes aux yeux alors que le maquillage coulait sur leurs joues.

"C'est ton tour," dit l'homme après que la dernière femme eut fini. "Tu ressembles à une fille de 20 cm."

Juliette hocha la tête et accepta le défi.

"Il n'y a pas de problème"

L'homme n'était pas impressionné, comme s'il avait entendu ces mêmes mots des milliers de fois auparavant.

Il était clairement habitué à rencontrer des femmes désireuses d'escorter des personnalités médiatiques à succès et qui avaient beaucoup d'argent.

Juliette a pris le gode nonchalamment pour tenter de se fondre dans le groupe de travailleuses du sexe.

Ouvrant la bouche, il dévora le sextoy d'un seul coup.

Fermant les yeux, elle enroula ses lèvres autour du gode et suça si fort que ses joues s'enroulèrent autour du jouet en silicone.

A chaque passage, il le plongeait complètement dans sa gorge sans faire de bruit.

Elle ouvrit les yeux et tira le gode couvert de salive de sa gorge.

Oh oui, l'homme était content.

Il souriait.

«Talentueux», dit-il, cherchant un autre jouet. "Voyons comment tu fais avec un dix pouces."

Juliette a gardé son visage de poker.

Cela, elle le savait, était un grand risque.

Il s'étoufferait sûrement, mais il ne pouvait pas montrer de faiblesse.

Sa capacité à revenir en arrière et à terminer le travail dépendait de ce pénis en caoutchouc qui descendait dans sa gorge.

Après avoir échangé des godes, il retint son souffle en le mettant dans sa bouche.

Elle n'hésita pas, choisissant de rester aussi détendue que possible pour éviter de déclencher son réflexe nauséeux.

Il tenait le gode contre sa gorge.

Avant de pouvoir émettre un gargouillis désagréable, il sortit le gode de sa bouche et prit une profonde inspiration, conservant une attitude digne.

«Je veux le travail de demain», dit Juliette, se forçant à avoir l'air calme, même si elle aurait besoin de plus de temps pour bien respirer. "Mes pipes sont meilleures que n'importe quelle autre femme dans tout ce bâtiment."

Elle sentit les regards sales des autres escortes potentielles dans la pièce, mais elle avait des choses plus importantes en tête que ses sentiments.

L'homme hocha la tête.

«Avec une bouche comme celle-là, nous avons certainement une utilisation parfaite pour vous. Soyez ici à dix heures demain matin. Votre nom sera sur la liste.

"Merci," sourit-il.

Quand il a quitté la pièce, il a revu le grand agent de sécurité.

Cette fois, il semblait de bonne humeur.

"Je suis Adams, au fait", a déclaré le responsable de la sécurité. "J'ai vu ce que vous avez fait là-bas. Très, très impressionnant, mademoiselle. Vous êtes un package tout à fait parfait."

Elle se tenait à côté de lui.

"Je m'appelle Karen. Ajoutez-moi à votre liste. Je serai ici un peu tôt demain et je n'ai aucun problème avec quoi que ce soit."

Elle savait que son attitude impertinente ne faisait que faire en sorte que l'homme de la sécurité la désire encore plus.

Cette pensée le fit sourire.

CHAPITRE 5

Cette nuit-là, Juliette était nue dans son appartement, fraîchement sortie d'une douche chaude à grande vapeur.

Ce niveau de stress était quelque chose qu'elle avait vécu auparavant, mais avec l'implication de sa sœur, les enjeux étaient plus importants.

Il enroula une serviette autour de ses cheveux après avoir séché son corps.

Assise sur le lit, elle appela sa sœur, sûrement avide de nouvelles.

"Vous l'avez fait?" Barbara a immédiatement demandé, après avoir répondu à l'appel.

"Il y a eu des complications."

"Quoi!?"

Juliette pouvait entendre la peur dans la voix de sa sœur.

C'était parfaitement compréhensible, puisque sa sœur prévoyait de négocier un contrat avec un autre câblodistributeur dans quelques jours.

"Je ne peux pas encore l'expliquer," dit calmement Juliette. «Tu devras me faire confiance pour le moment. Je dois faire plus et je serai de retour demain.

Barbara haleta d'incrédulité.

"Pourquoi? Qu'est-ce que tu fous?"

"Détendez-vous. J'ai tout sous contrôle."

En regardant son reflet nu dans le miroir, Juliette a pris la pose avec le dos arqué et les jambes croisées.

Il enleva la serviette de sa tête, laissant ses cheveux partiellement peignés en arrière.

"Tu sais ce qui va se passer, non?" Demanda Barbara avec une réelle inquiétude. "Ils peuvent être un groupe difficile."

«J'espère éviter ça. J'ai vu comment ils t'ont utilisé.

Après un halètement de Barbara, il y eut un silence absolu sur le téléphone pendant plusieurs secondes, et Juliette garda les yeux fixés sur ses propres jambes.

Courir des kilomètres incalculables le long des sentiers extérieurs lui avait donné des jambes incroyables.

Barbara renifla.

"Il y a une raison pour laquelle nous ne parlons plus."

«Je sais, je n'aurais pas dû dire ça. J'ai eu une journée mouvementée et demain pourrait être pire.

"Ne faites rien de stupide".

"Nous mettrons fin à cette conversation demain pendant le dîner", a déclaré Juliette. "Je le promets. Mais pour le moment, je suis concentré sur quelque chose d'important."

Leur conversation s'est terminée en bons termes, puis il est retourné aux affaires.

Alors qu'elle était encore nue, Juliette est allée dans son tiroir et a trouvé son porte-jarretelles et ses bas préférés.

Il ne les avait pas utilisés depuis des années, il n'en avait plus jamais eu besoin après son ancien travail dans l'unité de Vice, travaillant sous couverture.

Elle s'est tenue devant le miroir et les a mis, glissant les bas au-dessus de ses pieds et les attachant aux porte-jarretelles autour du haut de ses cuisses.

Elle a posé pour le miroir.

D'après ses recherches, c'était le fétiche du patron.

Et c'était particulièrement évident sur ce réseau d'information, où la plupart des présentateurs de la journée étaient connus pour leurs jambes sexy et leurs robes courtes.

Regarder son reflet nu dans sa jarretière et ses bas lui a rappelé de bons souvenirs.

Elle savait utiliser ces sous-vêtements comme une arme.

Se souvenant des clubs qu'elle avait l'habitude de visiter, elle pensa aux relations sexuelles brutales et dégradantes qu'elle avait utilisées pour soulager le stress.

Ses doigts se sont déplacés vers le bas et elle a fermé les yeux en se touchant.

CHAPITRE 6

Juliette est revenue tôt le lendemain, vers neuf heures du matin, pour étudier la situation.

Cette fois, il évita sa sœur et leur inévitable discussion, qui ne serait qu'une distraction.

Elle s'est dirigée vers l'étage exécutif.

Comme la veille, ses cheveux et son maquillage étaient glamour, mais sa robe était un peu plus courte.

Ce n'était pas vraiment sordide ou inapproprié, mais c'était suffisant pour attirer un peu plus l'attention.

Il y avait une réunion d'affaires qui s'est terminée pendant que Juliette attendait dans le hall.

Elle cacha son embarras en bougeant ses jambes alors que les vieux cadres en costume d'affaires lui lançaient un rapide coup d'œil à l'approche de l'ascenseur.

Elle sourit simplement alors que les hommes poursuivaient leurs conversations.

En regardant au bout du couloir, il pouvait voir Stevens retourner à son bureau parce que Dieu sait combien de temps.

Elle avait tout planifié.

Le moment était venu pour le plan B.

Il a attendu que d'autres femmes se présentent au rendez-vous de dix heures.

Le grand agent de sécurité était là pour organiser les femmes avant l'heure de son spectacle.

Juliette croisa les jambes et tourna un pied, ce qui attira l'attention d'Adams.

Portant un petit sac avec son équipement électronique, elle se leva et se dirigea avec séduction vers le gardien de sécurité.

«Est-ce que le patron est là? elle a demandé.

«Stevens?

Juliette hocha la tête.

"Oui, puis-je lui parler seul?"

"Vous aurez bientôt votre chance," dit Adams, se moquant un peu. "Nous attendons que les autres filles se présentent. En plus, je connais ton talent spécial. Oui, avec une bouche comme la tienne, je suis sûr que ça te donnera une chance."

"En fait, j'ai une sorte de proposition commerciale. Je suis sûr que vous l'aimerez."

Juliette fit un geste vers le bas de ses jambes, et souleva discrètement le devant de sa petite robe pour révéler le porte-jarretelles et les bas.

«Délicieux», se moqua-t-il à nouveau. "Vous êtes un paquet incroyable. Vous avez une bouche délicieuse et de belles jambes. Cela me fait m'interroger sur vos autres talents."

"Ce sont les découvertes pour votre patron. Si nous arrivons à des conditions mutuellement avantageuses, qui sait, vous pourriez avoir une chance de me tester plus tard. Jusque-là, serez-vous un bon garçon et aurez cette réunion?"

Il hocha lentement la tête, regardant son corps dans le processus.

"Ouais, attendez."

Adams descendit le couloir et entra dans le bureau de Stevens.

La conversation fut brève et il revint rapidement.

Il y avait une faim sur son visage, qui semblait presque sinistre.

«Vous avez de la chance, Karen,» dit-il. "Le patron se souvient avoir entendu parler de vos exploits oraux hier et est ravi de discuter de propositions. De plus, je lui ai dit ce que vous aviez en bas. Alors, allez-y. Son bureau est là."

Elle fit un clin d'œil.

"Je vous remercie."

Juliette se dirigea vers la porte ouverte.

CHAPITRE 7

Ce serait la première fois qu'elle rencontrait Stevens et cela la rendait plus nerveuse que de tomber sur des criminels violents ou des arnaqueurs de rue.

Stevens était un homme d'un pouvoir et d'une influence profonds sur le système politique américain.

Un dieu dans le monde des médias.

Pire encore, si elle faisait une erreur, sa peau était en jeu, et dans ce cas, il n'y avait aucun soutien de la police pour l'aider.

Il entra dans le bureau pour voir Stevens, une silhouette imposante et imposante, debout derrière son bureau après avoir rangé quelques documents.

"Je peux fermer la porte?" elle a demandé.

Il la nargua.

"Je vous en prie. Certaines propositions commerciales restent confidentielles."

Juliette ferma la porte après avoir regardé dans le couloir et vu Adams lui faire un clin d'œil.

Désormais seule avec sa proie, elle a travaillé son charme.

"Vous êtes occupé alors je vais vous expliquer brièvement," dit-il d'une voix sexy. «Je sais ce que veulent des hommes comme toi. Pourquoi ne pas essayer le contraire? Un petit changement de rythme de temps en temps.

Stevens s'avança pour les réunir.

"Continuez. Qu'est-ce que votre offre impliquera exactement?"

"Femme dominante. Les hommes puissants adorent avoir des femmes, mais le contraire peut être une nouvelle expérience sexuelle. Avez-vous déjà apprécié le plaisir de vous soumettre à une femme puissante? Être ligoté et entre les mains d'une femme dominante. Je suis sûr que beaucoup de vos amis et associés aimeront être apprivoisés par moi. Laissez-moi vous donner un avant-goût de ce que je peux faire. "

"Alors tu veux m'attacher?"

"Et vous bandez les yeux," ajouta-t-elle avec un sourire joyeux et un scintillement excitant dans ses yeux.

"Vous êtes la femme à la gorge profonde, non?" Demanda Stevens.

"Je le suis, et j'en suis fier."

"Pourquoi voudrais-je jouer au bondage alors que je peux prouver votre meilleur atout?"

Juliette haussa légèrement les épaules.

"Je suis sûr que vous avez une gorge profonde tous les jours. Pourquoi ne pas essayer mes autres compétences?"

"Un négociateur fort," acquiesça-t-il. "Les femmes exécutives pourraient vraiment apprendre de vous. Vous êtes intelligente, féroce et sexy comme l'enfer. Mon genre de femme."

Elle fit un clin d'œil.

"Je vous remercie."

«Avez-vous été dans ce métier depuis longtemps?»

"Quelques années. C'est un peu mon travail secondaire."

"Quel est votre travail à plein temps?" Je demande.

"Disons que je suis un geek de la technologie et que je suis mortel sur un ordinateur. Mais je n'aime pas parler de ma vie personnelle."

Stevens a montré un sourire vicieux.

Beaucoup d'hommes affirment aimer les femmes intelligentes, mais pour lui, c'était vrai.

Juliette savait que c'était un jeu dangereux et que les enjeux augmentaient.

"Cela me semble bien," dit-il avec confiance. «J'ai besoin de toi. Je te laisse faire ce que tu veux avec moi; attache-moi, bandeau-moi les yeux, baise-moi. Peu importe.

Juliette réprima son propre sourire et garda son sang-froid suprême.

Elle était experte en nœuds et Stevens serait bientôt impuissante en copiant son disque avant de le détruire complètement.

«Commençons», dit-elle. "Je vais utiliser le ..."

"Pas si vite. Prends ta robe. Montre-moi ton porte-jarretelles. J'ai entendu de très belles choses sur ce à quoi il te ressemble."

Sans hésitation, Juliette souleva le devant de sa robe pour révéler ses bas parfaits couvrant les cuisses et sa culotte en dentelle.

Malgré la situation compliquée dans laquelle elle se trouvait, cela lui faisait du bien d'être désirée de cette façon.

"Tu aimes ce que tu vois?" Il a demandé en secouant ses hanches.

Stevens serra la mâchoire.

"Oui, je vais vous embaucher. Mais d'abord vous devrez suivre mes règles."

"Et comment cela fonctionnerait-il?"

Juliette savait exactement ce que cet homme suggérait.

La peur glissa le long de sa colonne vertébrale, mais elle refusa de broncher.

«Sois ma poupée suceuse pendant un moment», sourit-elle. «Je meurs d'envie de goûter tes lèvres et ta gorge. Tu es parfait pour ma bite avec ces jolis yeux bleus qui me regardent. Je prendrai plaisir à te regarder et à te frotter les cheveux pendant que tu manges ma bite.

À cause de la situation dans laquelle Juliette se trouvait, sa chatte se serra et commença à s'agiter.

Cela faisait un moment qu'aucun homme ne l'avait maltraitée comme ça.

Pouvait-elle vraiment le faire avec l'homme qui faisait du chantage à sa sœur?

Un homme qui avait orchestré le dossier odieux des vidéos secrètement enregistrées?

Personne n'aurait à le savoir.

Comme d'habitude, le côté le plus dangereux de Juliette a gagné.

Il l'a toujours fait.

Sa tendance à vivre de manière imprudente était la principale raison pour laquelle il ne s'entendait jamais avec la plupart de sa famille.

Elle acquiesça.

"Pas de jeux. Pas de bêtises. Si je vous laisse baiser ma bouche, alors je vous attacherai et vous donnerai un avant-goût de la vraie domination féminine. Si vous aimez mes services, vous pouvez m'engager pour vous et vos amis. Avons-nous un accord?"

«Vous êtes le négociateur le plus dur que j'aie jamais rencontré», dit-elle avant de rire. "Bien sûr, nous verrons ce qui nous vient à l'esprit."

Lorsque le patron a ouvert un tiroir à proximité, Juliette a vu une variété de jouets sexuels d'apparence familière.

C'était une collection impressionnante d'appareils utilisés pour le contrôle sexuel et la soumission.

Stevens a pris un collier avec le mot «FOX» inscrit sur le cuir et attaché à une sangle.

Naturellement, il se demanda s'il s'agissait du même collier que celui de sa sœur.

Cette pensée était difficile à digérer.

«En avez-vous déjà utilisé un? demanda-t-il en le tenant comme une couronne.

"J'en ai un de ceux-là."

"Alors? Vous l'avez aimé?"

«Cela fait des années», admit-il. «Mais ouais, elle aimait être portée au collier comme un chaton.

"Bon minou. Je vais adorer ça. Maintenant, mets-toi à genoux."

Juliette posa son sac à main sur la table et se laissa tomber à genoux, espérant qu'une seule pipe était tout ce qui lui serait demandé.

Mais après avoir traité de nombreux hommes comme celui-ci, cela semblait peu probable.

Au moins personne ne le découvrirait jamais, se rappela-t-il.

Levant le menton, elle permit à Stevens de resserrer le collier autour de son cou.

La pression incessante autour de sa gorge déchaîna des centres de plaisir qu'elle n'avait pas remarqués depuis longtemps.

Comme si c'était un signal, sa chatte se serra.

Levant les yeux de ses genoux, et avant que sa queue ne soit poussée dans sa bouche, Juliette remarqua une hésitation dans les yeux de Stevens.

« Tu sais, il y a quelque chose en toi qui m'est familier. Je ne peux pas l'identifier.

Elle le fixa courageusement et pria pour qu'il ne découvre pas son identité.

À bien des égards, Juliette et Barbara se ressemblaient, partageant plusieurs des mêmes traits du visage.

Brièvement, elle se demanda si elle aurait dû teindre ses cheveux d'une nuance plus foncée de blonde.

« Je regarde votre réseau d'information », répondit-elle. "Vous vous entourez de belles femmes toute la journée. Je suis sûr que tout finit par se mélanger."

Il sourit, puis rit.

"Tu as raison. Maintenant ouvre grand la bouche, ma sale salope."

Dans un mouvement très fluide, Stevens lâcha sa bite, qui était déjà dure comme de la pierre.

Juliette tressaillit lorsqu'elle réalisa que ce serait la première fois qu'elle sucerait un homme en travaillant.

Croyant qu'il n'y aurait aucun moyen qu'elle puisse profiter de cette fellation, elle se prépara mentalement à recevoir sa bite dans sa bouche.

Sans attendre une entrée gracieuse, elle était préparée à ce qui allait suivre.

Au moment où Juliette ouvrit la bouche, Stevens tira sur la sangle et enfonça ses hanches.

En une fraction de seconde, la bouche de Juliette était remplie de la chair dure de l'homme et l'entrée de sa trachée était presque obstruée.

Il avait un goût et une sensation comme n'importe quel autre coq, mais ce n'était pas le cas.

Pendant leurs années d'université, Juliette et Barbara se disputaient fréquemment pour les garçons, mais elles n'étaient jamais avec le même garçon sexuellement.

Et maintenant, il avalait une bite que sa sœur avait régulièrement sucée et baisée.

Et la plus grande ironie était qu'il faisait cela au nom de sa sœur.

Le poussant dans et hors de sa gorge, Stevens a claqué sa bite avec une grande force.

Si elle n'avait pas été aussi coincée, elle aurait peut-être eu du mal à rester debout.

Mais, il s'est vite installé sur un rythme prévisible qui lui a permis de respirer et de rester debout.

Juliette se demanda naturellement qui Stevens qualifierait le meilleur enculé.

Elle l'avait vu baiser la bouche de sa sœur dans la vidéo et avait remarqué qu'il était très contrôlé, même pendant l'orgasme.

Se demandant s'il serait possible de rompre sa posture impassible, Juliette a commencé à participer activement en tournant sa langue autour du bout de son pénis alors qu'il entrait et sortait de sa bouche.

Il n'y aurait aucun mal à essayer d'obtenir une augmentation de plaisir de sa part et Juliette était à peu près sûre qu'elle avait la capacité de le faire.

Momentanément, elle était en conflit.

Elle ressentit une pointe de culpabilité à l'idée d'essayer de plaire davantage à Stevens, qui ne méritait sûrement pas une seconde de son temps.

Cependant, Juliette avait tendance à être compétitive et a décidé d'accepter le défi qu'elle s'était fixé.

Dans sa position de succion de bite soumise, elle détendit complètement sa mâchoire et se mit au travail.

Penchant la tête en arrière, un truc qu'elle a appris d'une prostituée, elle a pu l'accueillir pleinement.

Ses mouvements étaient très limités, littéralement, en la tenant en laisse courte.

Mais cela n'avait pas d'importance.

Chaque fois qu'il fourrait sa bite dans sa bouche, elle le suçait avec la pression parfaite.

Levant les yeux, il remarqua que Stevens restait concentré.

Quand il se retira, sa langue dansa autour du bout de sa queue, essayant de capturer tout précum qui avait été produit.

L'homme est resté stoïque.

Elle fit un bourdonnement dans sa gorge, ce qui fit finalement sourire Stevens.

Le travail de sa bouche a continué.

Elle regarda la tête de Stevens sursauter alors qu'il gémissait de plus en plus.

Juliette ne l'avait même pas vu faire ça à sa sœur.

Si c'était une compétition, elle gagnait.

C'était plus facile que prévu, et à ce rythme, il aurait ligoté le patron en quelques minutes.

Son optimisme grandissant a été gâché par un coup à la porte.

Elle essaya de s'écarter, mais le patron tira sur la sangle, gardant sa bouche pleine de sa queue.

"Juste à temps," sourit Stevens. "J'ai dit à Adams de revenir. Il m'aide avec beaucoup de transactions et aide à sélectionner des partenaires commerciaux potentiels."

La porte s'ouvrit et Juliette réussit à tourner suffisamment la tête pour voir le grand agent de sécurité entrer dans la pièce.

Adams sourit largement, après tout, son rêve était sur le point de se réaliser.

CHAPITRE 8

Stevens toucha doucement la joue de Juliette.

"Regarde-moi. Tu peux t'arrêter quand tu veux. Touche juste. Crie. Dis quelque chose. Ensuite, tu sortiras. Acquiesce si tu comprends."

Juliette a réussi à hocher la tête, même avec sa bite coincée dans sa bouche.

"Bien," répondit-il. « Adams, enlève ses vêtements.

"Avec plaisir, patron," dit le responsable de la sécurité d'un ton glaçant.

La porte se ferma, et quand Adams se tint derrière elle, Juliette sentit le devant de sa robe tomber jusqu'à sa taille.

De grandes mains lui caressaient le dos avant de décompresser son soutien-gorge et de libérer ses seins espiègles.

Le corps de Juliette a répondu, comme toujours, au traitement brutal.

Bien qu'il ait choisi de s'éloigner de ce style de vie, cela ressemblait à un retour à la maison.

Ses mamelons roses se durcirent avant même que les doigts épais d'Adam ne les agrippent.

Cela la fit rougir.

Alors que la bite était toujours logée dans sa gorge, le grand homme souleva Juliette du sol pour qu'elle puisse retirer la robe de dessous elle.

Ses jarretières et sa culotte ont été déchirées et jetées de côté.

Puis il lui enleva les talons et lui arracha ses bas.

Elle était nue.

Enfoncer nu.

De la tête aux pieds, sauf pour le collier autour de son cou.

La chose la plus intelligente à faire était d'en profiter.

Il devrait admettre sa défaite et repartir avec ce qui restait de sa dignité.

Mais Juliette était têtue, ce qui était un trait de famille.

Et d'une manière étrange, c'était sa façon d'aider à trouver justice pour tous avec les dossiers de chantage de Stevens.

C'était aussi sa façon de corriger les erreurs qu'elle avait commises dans sa vie: en tant qu'ancienne détective de police et en tant que sœur cadette.

Une forme d'expiation.

Il est vrai que la peur et l'angoisse qu'elle éprouvait d'être nue, à la merci de deux grands inconnus, l'excitaient.

Avec une bite déjà dans sa bouche, elle se demanda ce qui se passerait alors que sa chatte dégoulinait de liquide sur le sol.

Stevens a repris l'assaut sur sa gorge.

Sa bouche était trop étirée et sa mâchoire lui faisait mal à cause des mouvements agressifs.

Cependant, elle a gardé ses dents loin de sa bite, grâce à des années d'expérience.

Après quelques coups de plus, Stevens poussa sur sa queue pendant plusieurs secondes.

Bien que incapable de respirer, Juliette est restée calme.

Heureusement, Stevens a sorti sa bite et Juliette a eu le souffle coupé.

«Vous êtes une femme qui travaille maintenant, non? Demanda Stevens, comme si cela s'était transformé en interrogatoire. "Personne ne vous a mis dedans? Vous êtes ici seule, en tant que femme d'affaires, n'est-ce pas?"

Juliette prit une profonde inspiration et gargouilla, de la salive coulant sur son menton.

"Est-ce que je suce une bite comme un putain de flic ou quelque chose comme ça?"

"Je n'ai jamais dit que tu étais flic. Je demande juste."

Il cracha pour ne pas s'étouffer.

"Je suis une putain de femme d'affaires."

"Ok alors. Adams, va travailler sur sa chatte. Je vais prendre soin de sa bouche. On verra si elle se brise."

Ils l'ont tirée par la laisse et ont forcé Juliette à ramper vers le canapé comme un chien.

Stevens s'installa, un genou sur le canapé et une jambe sur le sol.

Il tapota le coussin et Juliette monta sur le canapé.

Il était à quatre pattes, entre ses jambes et devant lui.

Gardant un contact visuel avec le patron, elle entendit Adams se déshabiller et se tenir derrière elle.

Presque aussitôt, les grosses mains de l'agent de sécurité lui écarta les fesses et Juliette sut qu'il regardait bien sa chatte et son anus humides.

Alors qu'elle attendait anxieusement, elle garda un visage calme pour que Stevens continue à penser qu'elle était une vraie prostituée.

Mais quand les doigts d'Adams ont commencé à sonder sa chatte, elle a haleté.

"Finis de sucer ma bite," ordonna Stevens. "Vous le faites très bien".

Alors qu'elle se détendait au rythme de la bite de Stevens entrant et sortant de sa bouche, elle se demanda quelle était la taille d'un paquet d'Adams.

L'élément de l'inconnu l'a toujours attirée.

Adams est devenu plus insistant et curieux, insérant deux doigts épais dans sa chatte.

"Merde, elle est serrée pour une pute," marmonna-t-il, presque pour lui-même.

Le chef sourit.

« Alors baise-la déjà.

Juliette sentit Adams retirer ses doigts et les remplacer par la tête de sa queue.

Elle essaya de se faire une idée de la taille et fut dûment impressionnée.

C'était définitivement beaucoup plus gros que Stevens et elle se concentrait complètement sur sa chatte, bien que Stevens ait continué à lui percer la bouche.

L'entrée d'Adams dans son trou dans le besoin était plus prévenante qu'il ne s'y attendait.

Poussant contre son bassin, l'homme de sécurité s'avança avec la tête de sa queue et continua à pousser, pouce par pouce, sa longue et épaisse bite.

Juste au moment où Juliette pensait qu'elle n'en pouvait plus, Adams se pencha en avant et la poussa complètement.

Elle se figea momentanément en s'adaptant à son érection massive puis reprit ses manipulations orales sur Stevens.

Alors qu'Adams commençait à entrer et à sortir de sa chatte très stimulée, elle ressentit un sentiment d'appartenance.

"Je peux le sentir s'étirer," grogna Adams.

«Tu devrais essayer sa gorge la prochaine fois. Je suis sûr que le Conseil l'aimera. Je vais la mettre sous la table à chaque réunion. C'est là qu'elle appartient. À genoux.

Dans le passé, Juliette avait connu de nombreux actes sexuels dépravés.

Mais être pris au piège entre deux hommes, puissants de tant de manières différentes, était le plus excitant.

Il n'y avait aucun doute, elle était dominée et elle aimait chaque seconde détournée de la situation alors que des larmes de tension coulaient sur son visage.

S'il était libre de partir à tout moment, il trouvait ce syndicat non conventionnel irrésistible.

Les deux hommes l'utilisaient pour leur propre plaisir, et en conséquence, Juliette sentit son corps se tendre, se préparant à se libérer.

Les mouvements de la bite de Stevens devinrent plus frénétiques et elle savait qu'il était proche aussi.

Pendant ce temps, Adams passait un bon moment avec sa chatte.

Frapper de plus en plus fort.

Ses coups devinrent plus intenses et urgents alors que ses doigts s'enfonçaient profondément dans ses hanches.

Le doux frottement de sa bite entrant et sortant de son tunnel l'amenait rapidement à un point culminant vertigineux et humide.

Soudain, elle se cassa et sentit sa chatte se contracter contre l'épais poteau alors qu'il l'empalait.

Des spasmes secouaient son corps alors qu'elle essayait de gémir, mais elle était étouffée par la bite logée dans sa bouche.

"Putain ouais salope. Viens ma bite," grogna Adams.

Juliette était à la fois honteuse et ravie.

Il portait confortablement cette cape émotionnelle.

Cela faisait longtemps qu'elle n'avait pas connu un orgasme aussi puissant et elle savait qu'il serait difficile de s'éloigner de ce plaisir incroyable une fois de plus.

À la fin, elle a fait un gros désordre mouillé sur le canapé en cuir et le sol à cause du jet dur qu'elle a expulsé.

Elle était sûre que personne ne s'en soucierait, sauf celui qui était chargé de nettoyer le bureau.

Stevens a bégayé:

«Je vais tirer ma charge dans sa bouche. Adams, tu es prêt?

"J'étais prêt pour ça depuis le moment où je l'ai rencontrée."

Les deux hommes ont sorti leurs bites du corps usagé de Juliette et l'ont retournée pour leur faire face en se tenant devant elle.

Juliette rejeta la tête en arrière, ouvrant la bouche, tandis que les deux hommes se caressaient jusqu'à ce qu'ils éjaculent.

Les jets salés des deux hommes ont commencé à couvrir sa langue, sa bouche et sa gorge.

Le giclement semblait sans fin.

D'une manière ou d'une autre, il a réussi à avaler les charges alors que l'inondation continuait.

Elle était étonnée de ne pas avoir vomi.

Quand les orgasmes des hommes furent terminés, Juliette s'effondra sur le sol dans un état de stupeur rempli de sperme.

Il haleta à travers sa bouche couverte de sperme et lutta pour se rappeler exactement pourquoi il était là.

Les deux hommes se tenaient au-dessus d'elle, leurs bites mouillées et molles pendantes.

À ce moment, il pouvait à peine comprendre ses paroles, ou qui disait quoi.

"Quelle merde merveilleuse. C'est une vraie enculée."

"La meilleure chatte que j'ai eue depuis longtemps. Et elle a un beau cul. On dirait que je pourrais avoir un poste de présentateur de nouvelles ici."

L'esprit de Juliette flottait dans son brouillard post-orgasmique, pensant à sa sœur et au véritable but de sa visite.

Il regarda les hommes regarder leurs corps nus et leurs mamelons roses, ainsi que la sueur sur leur poitrine et leur front.

Stevens se pencha pour retirer la sangle, puis il put à nouveau respirer confortablement.

CHAPITRE 9

À sa grande surprise, Stevens a tenu parole.

Ils étaient tous les deux complètement nus dans le bureau et elle l'avait complètement immobilisé.

Experte en nœuds, elle savait maîtriser un gros type.

Après lui avoir bandé les yeux, elle fourra sa culotte déchirée dans sa bouche.

Nue, elle attrapa son sac et courut vers le bureau.

Il a sorti un de ses téléphones et l'a branché sur le serveur.

Lorsqu'il eut accès au disque, il remarqua que toutes les caméras secrètes étaient actives et enregistraient.

Il a accédé à la caméra dans le même bureau et a rembobiné les images qu'elle avait enregistrées.

Juliette s'est vue dans une vidéo en train de sucer et de sucer, tout en étant contrôlée par une sangle.

Elle a accéléré un peu plus la vidéo et s'est vue se faire baiser par derrière en suçant la bite de Stevens.

C'était un peu embarrassant de se voir prise en sandwich et baisée par ces deux grands hommes dominants.

«Connard,» marmonna-t-il.

Il réalisa que le temps était compté quand il entendit Stevens crier à travers le bâillon.

Même les yeux bandés, il s'est rendu compte que le chef savait ce qui se passait et ce qui arrivait à l'unité.

Après avoir fait une copie numérique de tout, il a branché son autre téléphone et est resté là pendant une minute pendant que tout le disque dur était complètement détruit.

Son travail était terminé.

Tout ce qu'il avait à faire était de s'échapper, mais il ne pouvait s'empêcher de jeter un dernier coup d'œil à ce maître chanteur.

Elle se tourna vers Stevens.

À ce stade, elle avait l'habitude d'être nue dans le bureau et se pencha pour lui tapoter l'épaule.

"Merci pour la baise torride," dit-il à son oreille. «Ne t'inquiète pas, je vais laisser la porte légèrement ouverte pour que quelqu'un puisse te trouver. D'ici là, je serai parti et tu ne me reverras plus jamais. Et pour mémoire, cela en valait la peine.

Après l'avoir embrassé sur le front et l'avoir vu se battre de toutes ses forces, Juliette enfila la robe.

Elle a mis ses talons et s'est précipitée hors du bureau.

Bien que chancelante, elle s'est échappée sans problème.

ÉPILOGUE

Alors qu'il était déjà loin du bâtiment et qu'il marchait dans la rue animée de la ville, il réalisa que son souffle puait le sperme.

Deux charges géantes feraient ça à n'importe quelle fille.

Mais serrant fermement son sac, elle réalisa qu'elle avait rendu un grand service public.

Bien que ce fût une pensée satisfaisante, il ne pouvait pas nier que la lueur chaleureuse de cette rencontre sexuelle avait été très surprenante.

Il était peut-être temps de dépoussiérer son équipement et de retourner dans les clubs de sexe rugueux pour se défouler.

FIN

www.ingramcontent.com/pod-product-compliance
Lightning Source LLC
LaVergne TN
LVHW041043150826
845672LV00001B/444

* 9 7 9 8 2 3 0 5 5 1 0 5 8 *